*Desabrigo
e outras narrativas*

Antônio Fraga

Desabrigo
e outras narrativas

Organização e apresentação
Maria Célia Barbosa Reis da Silva

JOSÉ OLYMPIO
E D I T O R A

© herdeiros de Antônio Fraga, 2008

Reservam-se os direitos desta edição à
EDITORA JOSÉ OLYMPIO LTDA.
Rua Argentina, 171 – 1º andar – São Cristóvão
20921-380 – Rio de Janeiro, RJ – República Federativa do Brasil
Tel.: (21) 2585-2060 Fax: (21) 2585-2086
Printed in Brazil / Impresso no Brasil

Atendemos pelo Reembolso Postal

ISBN 978-85-03-01006-1

Capa: ISABELLA PERROTTA / HYBRIS DESIGN

CIP-BRASIL. CATALOGAÇÃO-NA-FONTE
SINDICATO NACIONAL DOS EDITORES DE LIVROS, RJ

     Fraga, Antônio, 1916-1993
F87d   Desabrigo e outras narrativas / Antônio Fraga; organização e
     apresentação Maria Célia Barbosa Reis da Silva. – Rio de Janeiro:
     José Olympio, 2009.
     (Sabor literário)

     Inclui bibliografia
     ISBN 978-85-03-01006-1

     1. Novela brasileira. I. Silva, Maria Célia Barbosa Reis da.
II. Título. III. Série.

08-4595   CDD: 869.93
                  CDU: 821.134.3(81)-3

SUMÁRIO

Apresentação — Desabrigo: marquise de outras narrativas   7
Nota da organizadora   23

Desabrigo

Primeiro round   29
Segundo tempo   41
Terceiro ato   57
Glossário   75

Outras narrativas

Acalanto   81
O louva-a-deus   115
O estofo dos sonhos   149

Crepuscular 153
O galante do jacaré 157
O mensageiro da noite 169

Um autor maldito. Ou o Joyce do mangue?
  — por Maria Amélia Mello 175
A voz de um escritor maldito — entrevista a
  Zuenir Ventura e Maurício Stycer 183
Relação das obras de/sobre Antônio Fraga 197
Comentários sobre Antônio Fraga 205

APRESENTAÇÃO

DESABRIGO:
MARQUISE DE OUTRAS NARRATIVAS

Apesar das condições adversas da vida do autor, do próprio contexto histórico e das polêmicas que gerou, *Desabrigo* foi reconhecido como obra-prima da ficção curta por importantes personagens do cenário cultural: Adriano da Gama Kury, Amir Haddad, Carlos Drummond de Andrade, Celso Cunha, Dionísio del Santo, Edino Krieger, João Antônio, Mário Lago, Mário Pedrosa, Oswald de Andrade, Paulo César Pinheiro, Paulo Mercadante, Vinicius de Moraes e outros tantos.

Desabrigo é o livro inaugural de Antônio Fraga. Escrito em 1942 — vinte anos depois do impacto da Semana de Arte Moderna e com a literatura ainda sob a presença marcante do romance regional, e publicado em 1945, pela pequena editora carioca Macunaíma. É o manifesto de uma geração recém-saída da repressão e da censura, impostas no Brasil pelo Estado Novo, e dos horrores ocorridos durante a Segunda Guerra Mundial. Um texto polifônico, composto pelo diálogo provocativo entre os que vivem na periferia, nas esquinas, nos becos, sob as marquises, e os que vivem no centro da vida literária, nas livrarias, nas exposições e nas academias. Este volume, publicado na coleção *Sabor Literário*, traz *Desabrigo*, a novela que tornou Fraga conhecido, e outras narrativas: quatro contos e duas novelas, abrindo um novo ciclo fraguiano de publicações.

Fraga tem o dom de contar histórias diferentes que se entrecruzam numa margem que não limita, mas solta o curso dos enredos e das personagens que nelas se mobilizam. Casos reveladores do lusco-fusco da vida — da hora indefinida — em que tudo é visto sob a névoa da incerteza; daí porque, tempos depois, sua escrita não deixa de instigar e aprofundar a experiência de quem lê.

Seus escritos — contos e quase-novelas — exploram um lado da existência que está à beira: criador e criaturas parecem equilibrar-se para não resvalar para fora das páginas da vida e da ficção. Um lado que não é aprazível de encarar, e por isso olhamos de soslaio, a uma distância que evite a "contaminação".

Na literatura brasileira, nessa época, não são comuns textos que reproduzam a fala, os gestos e a vida da marginália carioca; há, no entanto, compositores populares, como Geraldo Pereira, Noel Rosa e Wilson Batista, entre outros, cujas obras traduzem ação e fala de atores sociais identificados com o universo dos excluídos. Nas páginas das obras de Fraga, circulam termos e expressões populares provenientes de um texto pulsante, falado e composto de forma coletiva na vida da cidade do Rio de Janeiro e de seus locais periféricos, populares — como o Mangue e a Lapa. Antônio Fraga lança mão e aproxima-se da linguagem das ruas. Pela literatura, deseja estabelecer uma continuidade desse discurso que incomoda e contesta o poder.

Em *Desabrigo*, o escritor passa a procuração para a personagem Evêmero;* este aceita o desafio de escrever um livro sobre o espaço urbano-marginal, sem "academizar" o falar e o fluxo do pensamento do malandro. A novela que está sendo escrita é permissiva, nela cabem

---

*Evêmero, procurador de Fraga em *Desabrigo*, é também pseudônimo usado pelo escritor em outras publicações. Seu homônimo, filósofo grego a.C, escreve *História sagrada*, em que identifica os deuses homéricos com os antigos reis divinizados, legando aos deuses uma realidade histórica. Evemerizados, os deuses gregos sobrevivem durante a Idade Média e camuflados, sob os mais inesperados disfarces, chegam até nossos dias, povoando as criações artísticas, como tesouro cultural, marco de um tempo. Na novela de Fraga, ele é efêmero porque tem consciência de sua transitoriedade e das circunstâncias do relato do qual faz parte, no nível da enunciação e no do enunciado, como narrador e como personagem.

todos os deslizes comuns à fala, principalmente à de um segmento social que, sem acesso ao ensino formal, quase não possui o domínio da chamada "língua culta". Novela aberta a leitores diversos. Cada um vai interpretar de acordo com a sua bagagem de vida.

Em "Acalanto", Antônio Fraga conta o que vive, trabalha com a própria matéria-prima da qual é artesão e produto. A novela, em seus rascunhos, ora aparece com este nome ora com outro, "Pai dizeu", título com o qual é publicada no Suplemento da *Tribuna da Imprensa*, de outubro de 1979, e, vinte anos mais tarde, em *Desabrigo e outros trecos*.* Desenvolveu-se a partir de um conto escrito em 1956, para Solange, sua primeira filha: a Biluca.

Inicialmente, "Acalanto" é um conto infantil em que Fraga utiliza a técnica narrativa do monólogo interior para mostrar, por meio do fluxo de consciência de uma criança entre 1 e 2 anos, o modo como ela observa, sente e dimensiona o pequeno mundo que a cerca: "O pai de neném é um pai muito grande e muito bom". "A mãe gosta de neném por causa que a mãe é boa e deixa neném escrever o bigode no papel. A mãe não tem bigode, mas é engraçada. Ela diz que dá dinheiro pra neném comprar caramelo quando neném comer a aveia toda" (...) "Mingau de aveia é uma coisa mole com açúcar dentro." (...) "É ruim visita

---

*Organizado por Maria Célia Barbosa Reis da Silva. Rio de Janeiro: Relume Dumará, 1999.

que nunca dá bala, bota neném no colo e não deixa ela ir embora brincar com o Joli no quintal..."

É o mundo infantil apreendido por dentro e transmitido por discurso próprio. Mas Biluca/Solange cresce e o conto vai, aos poucos, sendo retocado, aumentado de acordo com a própria vida de Fraga — por isso, ele dizia ser esse texto sua quase biografia. Hélio, pai de Biluca, é um intelectual que recebe duras e incabíveis críticas de Schultz, um medíocre, que tenta seduzir sua mulher, Diana. Hélio escreve bem, mas encontra grandes dificuldades em divulgar seu trabalho. Sem dinheiro, faz bicos para sobreviver. Daí advém o outro nome dessa novela, "O gato no ar". Através da física, seu outro objeto de estudo, o autor/narrador faz uma comparação entre a queda do gato e a sobrevivência do homem numa sociedade em que não há solidariedade.

A escrita de "O louva-a-deus" é iniciada em 1956. O primeiro capítulo aparece publicado como conto no *Jornal do Brasil*, em novembro de 1957, e republicado em 1999, em *Desabrigo e outros trecos*. Em seus guardados, há um sumário com dez capítulos nomeados dos quais só são encontrados seis. Os outros, registrados na memória e contados para muitos amigos, partem inéditos com o autor. Projeta-se um romance; fica a novela, composição literária por ele cultivada tantas vezes. "O louva-a-deus" é uma homenagem a Kafka e registra a influência do autor de *A metamorfose* sobre Fraga que, inclusive, se autodenomina um Kafka bem-humorado.

A personagem-narradora, um jovem entomólogo amador, pega um louva-a-deus em seu quintal, aprisiona-o numa caixa de charutos e fecha-o na gaveta da escrivaninha do pai. Quando retorna ao local, o inseto já havia devorado parte do mobiliário e dos livros. O pai do rapaz tenta matar o animal, impedido, porém, pela mãe, que se apieda ante a imagem cristã evocada pela sua postura; o homem foge para o botequim, evasão adotada pelos demais homens da cidade. O louva-a-deus destrói casa, quarteirão, bairro, só poupa a Igreja, refúgio no qual se abriga a população. Na matriz, cada desabrigado luta pelo espaço melhor para se acomodar, ajeita seus pertences e prepara sua refeição. No meio desse burburinho de vozes e da mistura de odores de comidas, "irrompe um som de órgão. E a voz ade um barítono — funda, trêmula, grave — vem dominar a igreja". De repente, "outras vozes se elevam até sobrepujar a desafinação do instrumento." Logo depois, "paira no templo o beatífico silêncio das almas em êxtase — milagre da catarse musical." As discussões entre os políticos denunciam a falta de seriedade e de responsabilidade do homem público com as causas que atormentam os cidadãos que os elegeram. Pelos capítulos adiante, o pequeno animal delata, com sua incômoda presença, a falência da Igreja e da Família; corrói preconceitos quando promove a reunião de todos os credos sob o mesmo templo; evidencia o abandono das grandes causas em prol das pequenas, cujas bandeiras são hasteadas em favor de exacerbado individualismo.

Quando a narrativa fraguiana flui, desaparecem as fronteiras e conquistamos nosso assento nesse universo construído de e por palavras que edificam a vida vivida, a vida sonhada, a dita, a bem dita, a mal dita. São frases curtas, frases longas, com ou sem pontuação, que ritmam o nosso tempo, tempo de urgência, mas também tempo guiado pela memória, acomodado no "Estofo dos sonhos", conto em que a narradora, seis anos depois, retorna ao espaço e ao tempo passados e constata, diante da janela, que "as dálias daquela época refloriam nas dálias do presente; a montanha se erguia nos seus longes, a exibir os mesmos tons de verde; e o arroio serpeava entre as pedras, como sempre, à esquerda do quadro". A vida segue seu curso, portanto, independente de seus passageiros.

"Crepuscular", conto inédito, sem data, aparece em seus rascunhos, com pequenas alterações, com mais três títulos que "contemplam" o entardecer visto do alto do apartamento. A hora indefinida desencadeia as reflexões do narrador que o levam a comparar as mudanças do cenário natural com as etapas da marcha histórica. Das malocas dos nativos até os edifícios de concreto, onde muitos cabem num só espaço, o progresso e a vaidade levam o homem a destruir ou a modificar o feito de seus ancestrais, a distorcer o curso da história, muitas vezes para imprimir a marca do seu tempo que, nesse ciclo perpétuo de mudança, logo se apagará.

A longevidade das montanhas, testemunhas de um longo trajeto da história, dá ao narrador a sensação do quanto a existência do homem é transitória: " (...) ao chegar à velhice somos uma casa cujas bases jazem ocultas, as paredes estão prontas e os andaimes desmontados." É claro que os danos do tempo precisam, se possível, ser reparados, mas o operário da retificação não será o mesmo que construiu os alicerces.

"O galante do Jacaré" (1953) é Hermenegildo. Ele mora no começo do morro do Jacaré, lugar privilegiado que lhe oferece uma boa vista da avenida, da estação e de todos os quintais que se abrem a seus olhos em cenas do cotidiano: "as pequenas pondo roupa a secar (quando era roupa de mulher, então!), ou tirando a criançada do penico, ou ainda conversando, enquanto às vezes se coçavam distraidamente". O garboso, outrora boêmio, abandona a vida solta, sem freio, ao casar com Estela, com quem tem um filho, Tonico, e outro, a caminho. "A realidade era aquela: os trilhos da Central correndo entre D. Pedro e Madureira sobre uns dormentes muito duros e todos iguais". As lembranças mesclam-se aos sonhos: as aspirações da mãe em relação a Hermenegildo; a convocação para o Exército em 1944; a chegada ao porto de Santos; a vinda para o Rio de Janeiro; o posto de maquinista da Central e o casamento com Estela são resíduos que saltam dos dormentes e correm pela sua cabeça.

Mulheres viajam nos trilhos do passado, embaçado pelo tênue véu que oscila entre a vida e a ficção. Ele conta para a esposa passagens de sua vida amorosa. As aventuras do marido deixam-na orgulhosa e até instigam-na a narrá-las para a vizinha. Em pouco tempo, a lenda do galante do Jacaré espalha-se e imprime-se como verdade.

Em "Mensageiro da noite", no dia de Natal, um menino de 13 anos, portador de mensagens, teme o negrume das ruas e dos vultos suspeitos que, segundo seu olhar, esgueiram-se pelas esquinas a impedir-lhe de cumprir sua missão: entregar telegramas. Abrevia sua tarefa, desfaz-se do telegrama cujo destinatário morava no quarteirão lúgubre. Ao rasgar a mensagem, "uma palavra revelou-se. Era uma palavra que eles, estafetas, denominavam tabela baixa". A escuridão das ruas prenuncia ao mensageiro da noite outra escuridão — a impressa nos telegramas que entrega.

Antônio Fraga é um dos primeiros e raros escritores — até o *boom* recente da literatura e da arte periféricas, no Brasil — a dar voz a personagens que estão por aí, no beiral da existência. São pessoas excluídas, "cidadãos de segunda categoria", perambulando com outros nomes e outras máscaras por Queimados, Nova Iguaçu, Duque de Caxias, Madureira, Cidade de Deus, ou em qualquer esquina, com sua gíria e linguajar tão peculiar, exprimindo suas experiências, suas frustrações, seus desejos; sua narrativa poético-cotidiana construída nos desvãos da vida, onde o poder público se ausenta e permite que outro lhe faça a vez. Seu material é coletado das esquinas, dos becos, dos bares, das margens escuras em que a palavra recicla e ilumina as histórias comuns do dia-a-dia. A prosa poética de Fraga está à disposição, nua, sem adereços, tal qual ele mesmo, que realiza o próprio despertar da escrita no prosaico diálogo que promove entre autor, personagem e leitor.

Antônio da Fraga Fernandes nasceu em 30 de junho de 1916.* Viveu sua meninice no Centro da cidade do Rio de Janeiro, num sobrado da rua São Pedro, bem próximo à avenida Passos. Filho de casal desavindo — Justino Fernandes e Waldemira da Fraga Fernandes — o jovem resolve, com a separação dos pais, seguir rumo próprio. Serve no Destacamento João Alberto, durante a

---

*No prefácio de *Desabrigo e outros trecos*, a data de nascimento de Fraga está em consonância com a da carteira de identidade e com a da carteira da Fundação da Legião Brasileira de Assistência: 7 de julho. Mais tarde, em depoimento escrito pelo próprio autor, encontrado em seu espólio, ele explica que nasceu no dia 30 de junho, porém seus pais registraram-no no dia 16 de julho de 1916. Daí, o registro de dias diferentes nos documentos.

Revolução de 1932; em Minas Gerais, alfabetiza crianças e adultos no município de Formiga e empurra vagonetes de pedra britada nas galerias da mina do Morro Velho em Nova Lima; em Goiás, garimpa diamantes nas margens do Araguaia; no interior de São Paulo, auxilia chacareiros nipônicos; no Rio de Janeiro, maneja enxada nos laranjais de Nova Iguaçu e administra um bananal em Magé; e, ainda, no antigo Distrito Federal, vende siri no Mangue, exerce atividade de lanterninha de cinema, trabalha como auxiliar de cozinha no Hotel Glória, é redator-chefe da Rádio Vera Cruz; de 1942 a 1944, é proprietário de uma pensão familiar no Flamengo, fechada por motivos de ordem econômica e, finalmente, funcionário da Legião Brasileira de Assistência.

Em 1945, Fraga organiza o grupo literário Malraux. Tempo de pessoas agregadas em grupos que explicam, com suas produções, os vários atalhos percorridos pela Geração de 45, que não é uma continuação da Semana de 1922. É uma geração advinda do pós-guerra, menos anedótica, mais sóbria, desejosa de trabalhar e renovar a linguagem, num exercício de metalinguagem. Geração em cujo abrigo estão escritores com estilos e abordagens temáticas diferentes que se interpenetram, completam-se para "saltar a guerra" e lançar um outro olhar sobre a nova configuração do mundo.

Em maio do mesmo ano, Antônio Fraga, com os seis participantes do grupo — Antônio Olinto, Luciano Maurício, Hélio Justiniano, Ernandes Soares, Aladyr Custódio, Galdino e Levy Menezes —, inaugura, no saguão da Escola Nacional de Belas-Artes, a Primeira Exposição Pública de Poesia do Mundo, uma espécie de retrato poético-ideológico da Geração de 1945. Essa exposição, organizada pelo Grupo Malraux, torna-se crônica de Carlos Drummond de Andrade, sob o título de "Poetas em maio", para a revista *Leitura* (criada por Barbosa Melo, em 1942) da qual Fraga se torna assíduo colaborador. O poeta itabirano louva o Grupo Malraux pelo pioneirismo da exposição e denuncia as discriminações sociais e econômicas que negam aos escritores periféricos o espaço de publicação e divulgação de suas composições poéticas. Da exposição ficaram o catálogo de poesias e a ideia alternativa da apresentação de poemas em murais.

Ainda em 1945, acompanhado de dois quixotes literários, Antônio Olinto e Ernande Soares, Fraga cria a editora Macunaíma, marquise que viabiliza a publicação de *Desabrigo* e que, logo após, é desativada em decorrência da falta de recursos.

Escreve compulsivamente, mesmo sem leitor ou editor. Sua pena ferina, inquieta, blefista, insubmissa registra, documenta, ficciona o cotidiano encardido desse mundo. Nas décadas de 1940 e 1950, colabora com os periódicos *A Cigarra Magazine* e *O Jornal*; a convite do importante crítico de arte e pensador Mário Pedrosa, em 1947, torna-se redator de *Vanguarda Socialista*; escreve para a revista *Literatura*, sob orientação de Astrojildo Pereira; assina o artigo "Five Imediatist Poems", na revista *Brazilian-American*; contribui em *Cronos*, dirigida por Adriano da Gama Kury; e funda o *Jornal de Literatura*; de 1948 a 1949; é crítico de artes plásticas do *Diário Trabalhista*. Em 1951, é um dos principais redatores da *Revista da Caixa Econômica*, dirigida por Elói Dutra. Precursor do Novo Jornalismo ou Jornalismo Literário no Brasil, publica uma série de reportagens sobre o *basfond* carioca, na revista *Guairá*. O Novo Jornalismo concede ao jornalista/escritor uma visão mais imaginativa da reportagem, permite que o autor entre na narrativa como observador. Nessa linhagem estão Gay Talese, Norman Mailer, Truman Capote, Tom Wolfe, Antônio Fraga, José Louzeiro, João Antônio e muitos outros.

Na década de 1960, o país passa por um momento econômico e politicamente conturbado. Desenvolvem-se anomalias urbanas com espaços segregados e bolsões de miséria. Fraga, marginal de si mesmo, convicto de suas posições, migrou com a família para Queimados, à época distrito de Nova Iguaçu. Na Baixada Fluminense, viveu trinta e tantos anos, colaborando em jornais locais, criando grupos de estudos, incentivando os novos talentos — elogiando ou criticando — sempre ensinando e apontando as veredas do aperfeiçoamento, os caminhos da inclusão.

Em 19 de setembro de 1993, Fraga sai de cena, mas recolhe, em seus escritos, os últimos confetes da Praça Onze, os últimos gemidos do Mangue, as derradeiras esperanças dos escritores, a visão idílica da enseada de Botafogo, os encontros e desencontros da vida disputada, a cada segundo, a socos e a pontapés.

Bem antes de Glauber Rocha escrever *Uma estética da fome*, manifesto do Cinema Novo, de 1965, para apresentação em Gênova, na Itália, Fraga, em *Desabrigo*, registra a cena em que a personagem Cobrinha, morto de fome, dá uma banana para o portuga condutor de bonde. Banana lembra comida. A fome embaralha a vista e os fonemas: "Se uma mão fosse mamão como seria bom" e "quando viu tinha comido o dedo duma mão." Fraga denuncia a violência da fome ao leitor de forma jocosa, não deseja despertar compaixão.

Ler Antônio Fraga, nos primeiros anos deste século, é estar "antenado" com os que agora extraem arte das personagens e dos espaços à margem dos grandes centros urbanos: margem não necessariamente geográfica, mas, quase sempre, social. Hoje, cada vez mais, a periferia ganha visibilidade midiática não só como manchete, mas como espaço que espelha a vida e se reflete na arte.

Programas de rádio e televisão, livros, filmes de ficção ou documentários, exposição de fotografias — elaborados por quem vive na periferia ou por quem desloca seu olhar para lá — revelam o interesse crescente por essa "minoria" de excluídos que é, em quantidade, maioria. A vida elabora-se na interface do centro e da periferia, do não-lugar, do entrelugar, do lugar de todos e de ninguém, do lugar da identidade cultural e das culturas híbridas urbanas: lugar eleito por Antônio Fraga para viver e para servir de cenário de suas tramas literárias.

> Maria Célia Barbosa Reis da Silva,
> Professora universitária e pesquisadora,
> autora do livro *Antônio Fraga: Personagem de si mesmo*.
> Rio de Janeiro: Garamond/Faperj, 2008.

NOTA DA ORGANIZADORA

As narrativas que se juntam a *Desabrigo*, neste volume, são o resultado de coleta, grupamento, decifração e leitura do espólio de Antônio Fraga. Os papéis de Fraga encontram-se no Arquivo-Museu de Literatura Brasileira da Fundação Casa de Rui Barbosa, no Rio de Janeiro. Neste espaço, desde 1995, alguns bolsistas financiados pela Faperj (Fundação de Amparo à Pesquisa do Estado do Rio de Janeiro), pelo próprio Arquivo ou por mim passam por uma iniciação à obra de Fraga, entram na escrita dele, registram-se também como personagens nessa etapa de reconstrução de papéis. Não posso, portanto, deixar de mencioná-los nesta edição: Aline Rocha da Silva, Carolina do Nascimento Dominguez, Cristiane Franzin Marcolino, Emanuelle de Souza Fonseca, Glauber Andrade Cruz e Mônica Maria Mesquita Gonçalves. Todos os textos aqui apresentados seguem os rascunhos deixados pelo autor. Recorremos à viúva de Fraga,

Therezinha Manga Fernandes, ao nosso conhecimento e à ampla pesquisa da obra do porta-voz da marginália, com o intuito de que os escritos cheguem a público com fidelidade aos originais e ao estilo do autor.

Optamos por atualizar o texto, de acordo com as alterações ortográficas de 1943, 1971 e do Acordo Ortográfico da Língua Portuguesa, que entrou em vigor em 2009.* Não "consertamos" vocábulos cujas escritas traduzem a fala da personagem e o contexto em que se movimentam.

Maria Célia Barbosa Reis da Silva

1943: Organização do Vocabulário da Língua Portuguesa; *1971*: Lei nº 5.765, de 18 de dezembro de 1971; *2009*: entra em vigor o Acordo Ortográfico da Língua Portuguesa, assinado em Lisboa em 16 de dezembro de 1990, por Portugal, Brasil, Angola, São Tomé e Príncipe, Cabo Verde, Guiné-Bissau, Moçambique e, em 2004, por Timor Leste; no Brasil, foi aprovado pelo Decreto Legislativo nº 54, de 18 de abril de 1995; regulamentado por força de decreto assinado pelo presidente Luiz Inácio Lula da Silva na Academia Brasileira de Letras, em 29 de setembro de 2008.

Desabrigo

Pra mim mesmo, com muita estima.

PRIMEIRO ROUND

BANZÉ

Cobrinha entrou no buteco e botando dois tista no balcão pediu pro coisa

— Dois de gozo

Coisada atendeu *à la minuta* Largou no copo talagada e pico de água-que-passarinho-não-topa e sem tirar a botuca da cara do cobrinha empurrou o getulinho

— Tou promovendo a bicada

Depois de enrustir o nicolau e derramar gole pro santo cobrinha mandou o lubrificante guela abaixo Já desguiava quando pulga mordeu ele atrás da orelha e ele falou pra dentro "Quero ser mico catar bagana e coisa e loisa se nessa coisa do coisa não tem coisa" Então voltou e falou pra fora

— Promovendo por que?

— Acertei um totó no veado...

— Que tem isso com o peixe?
— Por causa do mano
fez coisada que patolando um jornal mostrou pro cobra

SURURU NO MANGUE

Alta madrugada oscar pereira vulgo desabrigo topou na rua benedito hipólito com seu velho desafeto amauri dos santos silva mais conhecido na zona do canal e redondezas por cobrinha Gastando sutilezas do vernáculo cobrinha mandou o outro à ponte que caiu e como o já citado outro solicitasse a gaita da passagem lhe deu um tapa ficando a rua assim de gente pra ver o frege Ao ser esculachado desabrigo gritou que era macho e partiu feroz pra dentro de cobrinha empunhando um ferro Este sem dizer ao menos *mes amis mes ennemis cherchez l'étoile du matin* comprou uma sueca num marujo que gozava o esporro e deu uma solinjada na cara do parceiro abrindo larga avenida na referida cara Com a chegada da canastra cobrinha azulou e desabrigo foi encaminhado ao pronto socorro onde teve oportunidade de fazer elogiosas referências às novas instalações

Acabamos de rabiscar esta notícia quando fomos informados de que o delegado anacroente feitosa em hábil diligência conseguiu encanar quatro estivadores pois suspeita que sueca tenha entrado de contrabando pelo vapor mauritânia

GENTE DE FAMÍLIA

Durvalina largou o jornal apagou a lâmpada e se espichou no berço Na porta do barraco desabrigo escolava a pivetada

— No tempo dos bondes de burro existiu meu velho O falecido era mesmo do bafafá Quando a pilantragem via ele dava os pirantes com medo da seção de esquenta e os bacanaços vinham puxar saco por causa do doutor machado

E desabrigo contou um bocado das vantagens que o velho dele fazia Só depois que os pivas já tavam espiantados é que ele contou a desvantagem

— Pra vocês ver como homem era bicho otário com mulher naquele tempo vou contar uma ursada que uma dona fez com ele igualzinho como ele me contou...

Não contou logo Pensou primeiro no velho e no jeito bonzão que ele tinha de tocar cuíca — cuíca na mão do velho até tocava ópera!

— O velho falou assim "Me chamaram uma vez pra ir tocar cuíca num fandango Pois eu fui A farra ia bem quando uma dona se plantou perto da bateria e ficou grelando meu jeito de tocar Virou mexeu mexeu virou a gente se atracamos num maxixe e larguei as cantadas em cima da cuja Falei falei falei mas ela ficou fazendo flosô 'Porque papai é brabo e mamãe não gosta... Pode ser mas tá difícil...' e mais uma porção de leros Porém como duma boa conversa ninguém não se livra a tal acabou entregando os pontos

"Não é que dias depois eu gemia mais do que cuíca! Tava engalicado até a alma e fiquei mancando da perna um porrão de tempo!

"Quando fiquei sarado fiz uma jura 'Se daqui pra frente eu largar as cantadas de novo em mais alguma gente de família me esqueço que sou nagô legítimo capanga do pinheiro machado e vou catar papel na rua'"

Desabrigo parou um bocado botou um crivo na boca e falou fazendo pouco

— Isso foi no tempo em que homem dava lugar pra mulher no bonde

Deu as palas pros pivas numa gaitolina alta e disse que era escolado que mulher com ele tinha é que meter os peitos senão mandava andar Dentro do barraco durvalina que tava escutando tudo fez cara de "o seu dia chegará..."

I. PONTO DE VISTA

Para os que infelicemente não tiveram a sorte de pousar os olhos num artiguinho que o tão renomado como modesto escritor campos de carvalho estampou em o número de 15-IX-41 de *Planalto* transcrevemos este bocadito

"Entendem eles que para nos emanciparmos do jugo português devemos, o quanto antes, emanciparmos da língua lusitana a nossa língua, e o melhor meio de o fazer será abrigarmos no idioma novo toda forma de linguagem chula, de calão, de barbarismos e de sujeira em que, desgraçadamente, sempre foi fértil o linguajar do povo. Em vez dos clássicos, dos puristas, dos Camões e caterva dos séculos passados, falem e pontifiquem os malandros, os analfabetos, os idiotas, as prostitutas e a ralé mais baixa."

PALPITES

Cobrinha andava teso pra chuchu Embora fosse safo tava dando uma azia danada Bem que ele podia afanar um estácio ou topar o basquete mas não era guindaste para enfrentar batente e não queria se encalacrar com a dona justa

Quando coisada mostrou o jornal pra ele foi aí que pensou no bicho O mano era unha e carne e bem que podia largar um palpite pra ele né? O coisa falou que poder podia

— Só há um porém
— Mande lá!
— Não vá se abrir por aí

e coisada foi explicando loguinho em ritmo de samba que bastava comprar o jornal e ler todos desastres roubos crimes que tivesse Ouvindo ele cobrinha pensava que agora sim ia comprar terno de tussor camisa tricoline sapato sola dupla

— ... se um portuga tiver sido afanado morto ou ferido jogue no burro espanhol no porco brasileiro na águia gringo no gato
— Carcamano?
— Largue a grana sem dó no grupo do veado!
— Pera aí coisada! então por que tu jogou no veado hoje?
— Porque o delegado feitosa era anauê os anauê era parecido com os carcamano e como os carcamano corre mais do que veado...
— Os anauê são frutas

acabou cobrinha mostrando a falha de ouro numa baita risada que coisada igualou Derrepentemente ficaram sérios tomaram outra lambada boa da gostosa e cobrinha saiu na ponta do pé pra dormir até a hora de tomar café e vendo que fruta não é homem mas mulher também não é saiu pensando no zé e falou

— Pois é...

Três minutos depois do último período cobrinha subia o são carlos cheio de satisfa com vontade de dar boa noite pra todo mundo

Tava tão contente que começou a cantar com voz de radiador embriagado

>Ó lua cheia
>cheia de graça
>este teu bucho
>tá repleto de cachaça

Não tinha lua nenhuma ouvindo ele mas no céu de café estrela era mato

II. PONTO DE VISTA

Evêmero bateu a bota em mil-novecentos-e-quarenta-e-dois Semanas antes de bater ele disse não sei onde nem quando

"...vou escrever ele todo em gíria pra arreliar um porrilhão de gente Os anatoles vão me esculhambar Mas se me der na telha usar a ausência de pontuação ou fazer as preposições ir parar na quirica das donzelinhas cheias de nove horas ou gastar a sintaxe avacalhada que dá gosto do nosso povo não tenha de modo nenhum que dar satisfações a qualquer sacanocrata não acha?"

W. C.

Metendo uma ginga lá nele cobrinha entrou no "café bar e bilhares flor do estácio" O gerente ia berrar que não tinha mais cabide pra pendurar nem tusta de cigarro quando o cobra pediu

— Dá licença de eu ir na privada?

— Tem gente

gerente explicou e teve vai-não-vai pra dizer que a gente era desabrigo Mas viu que podia se dar mal na galhada e se aguentou

Desabrigo se enfiara mesmo no w.c. para evitar encrenca Bem que bastava pra aporrinhar bastante uma carta que ele recebera assim

Senhor oscar

Cordiais saudações

Eu já andava queimada com o senhor porque me disseram que o senhor tinha dito que eu trabalhava pro senhor Ah meu Deus como eu fui boba! pensava que o

senhor gostava de mim e o senhor estava me fazendo de boba Agora não quero mais saber do senhor porque já sei quem o senhor é Mesmo o senhor anda sujando o seu nome apanhando navalhada na cara e eu que fiquei envergonhada meu Deus! Não ligava pro dinheiro que dava pro senhor mas assim é demais!

Lhe aviso que vou fazer a vida na casa da sara de novo e só se o senhor não tiver vergonha é que o senhor vai lá Mas eu bato com a porta na sua cara com toda a força e lhe dou um baile e vou dizer na polícia as suas sujeiras Pra mim não tem diferença fazer vida na rua ou na janela

Quando vivi com o senhor fazia na rua e lhe dava o dinheiro dos michês agora quero dar pra cafetina

Sem mais criada às ordens

Durvalina Pinto Lisbôa

P. S. Desculpe a letra

Aquele "apanhando navalhada na cara" era de amargar Mas olhando pras paredes da latrina cheinhas de safadeza escrita e desenhada desabrigo tirou a forra lendo aqueles versos célebres

> Neste lugar solitário
> onde a vaidade se acaba
> todo covarde faz força
> todo valente se caga

Depois puxou a válvula pra atender o aviso da gerência e saiu mais aliviado

III. PONTO DE VISTA

O grande estilista professor doutor josé guerreiro murta assim opina sobre o uso da gíria no seu "como se aprende a redigir"

"É preciso banir da arte a baixeza e a grosseria. Se a literatura é uma arte, não pode aceitar tudo o que entra na linguagem trivial. Impõe-se uma escolha, mesmo quando se faz falar a gente do povo... Se o calão invadisse a literatura honesta, o nobre ofício de escritor tornar-se-ia desprezível e ajudaria a corromper os costumes."

LOÇÃO MERCÚRIO

Tadinho do desabrigo! naquele dia tava pesado mesmo Não é que a durvalina pra dar dor de corno nele tava se abrindo toda na porta do café com o cobrinha?

Não há macumba nem igreja da penha nem centro espírita redentor que faça um cara criar tanto apetite como desabrigo naquela hora Largo do estácio foi pequeno pra ele se espalhar O outro largava o braço no pé do ouvido dele melado escorria e cadê que ele ligava? E aparecia malandro do pindura-saia de mangueira da vila e de todo canto saía homem mulher e criança pra ver o bate-fundo E até a tiragem batia palmas enquanto esperava que os dois acabassem pra meter eles no xilindró E todo mundo vendo os dois aguentar a virada tanto tempo de mão limpa se espantava "Será o benedito?"

Mas daí a um nada desabrigo floreou o corpo feito mestre-sala enganou com a esquerda e mandou a direita Que rapa seu! O outro subiu dez metros e lá vai fumaça veio batizar o quengo na beira da calçada e ficou esparramado toda a vida.

Foi aí que um camelô aproveitando o ajuntamento começou a dizer

— Os senhores vendo eu aqui me exibir pensarão que sou um mágico arruinado que não podendo trabalhar no palco vem aqui fazer uns truques pra depois correr o chapéu pedindo uns níqueis. Mas eu não sou nada disso Sou um representante da afamada fábrica de perfumes mercúrio que não manda distribuir prospectos não bota anúncio no rádio nem nos jornais nem mesmo anúncios luminosos Esta casa meus senhores prefere contratar um técnico propagandista que saia por aí distribuindo gratuitamente os seus produtos Entre os maravilhosos preparados da fábrica de perfumes mercúrio encontra-se esta loção — a afamada loção mercúrio que elimina a caspa e a calvície mas não dá cabo da cabeça do freguês Se os senhores fossem adquirir este produto nas farmácias ou drograrias lhes cobrariam dez ou quinze mil-réis Eu estou autorizado a distribuí-lo gratuitamente às pessoas que adquirirem o reputado sabonete minerva pelo qual cobro apenas dois mil-réis para cobrir as despesas da publicidade...

Um aqui para o cavalheiro... outro para a senhorita...

SEGUNDO TEMPO

DIREITOS DE LARGAR

... então margô tirou os panos todos e se deitou nuinha na cama pra arretar o brocha Mas parece que tesão ali era manga de colete O cara ficou *tranquille comme baptiste* até que margô não se aguentou mais e berrou pra ele

— *Dépêchez- vous*!

Pega o micheton falou se ela deixava *faire minetti* Quasi margô estrilou mas — tadinha! era uma *garce* "*Ça c'est mon b'lot*" pensou e deixou o michê fazer Antes porém se lembrou duma coisa e achou melhor avisar

— *J'espére le débarquement des anglais*

Tão pensando que o tal ligou pra isso? Neruscoide de pitibiroides! Caiu de queixo na conasse da francesa que foi um gozo Depois deu um galo pra ela e saíram pra fora

Durvalina tava na porta batendo papo com um cara que era conhecido do cara que fizera o troço na margô O cara da margô quando viu o outro se espantou

— Ué seu evêmero você por aqui?

O outro foi se espantou pro cara da margô

— Ué seu anatole você por aqui?

Margô é que não disse nada e foi pra dentro procurar a sara O cara chamado anatole deu *au revoir* pra ela e ficou por ali mesmo ajudando o cara chamado evêmero a dar trela pra durvalina

Depois de escutar disse-que-disse-que-disse à beça evêmero disse que tinha vindo procurar ela pra saber onde desabrigo tava

— Tava na dita mas já saiu

E contou a briga de desabrigo todinha pra evêmero

— Por causa disso é que ele foi pra dita

Anatole não sabia que diabo de bicho era dita e evêmero explicou Foi aí que ele querendo bancar são jorge deu uma mancada feia

— A senhora não devia ter se deixado explorar por esse indivíduo Os caftens como sabe...

— Não sei não quero saber e tenho raiva de quem sabe! Quando tu quer gozar não larga a gaitolina em bruto pra gente?

— Bom...

— E se a gente quer largar a grana pro nosso gostoso não tem o direito também?

Sinuca de bicolina! Só tou pensando como anatole ia sair dela se uma esculhambação danada que saiu lá dentro não viesse tirar ele do aperto

— *Bon dieu de putain de garce! Bon dieu de bordel de merde! Bordel de dieu! Bordel à cul!*

Nem precisava durvalina dizer quem tava fazendo o carnaval mas ela disse que era a margô dando um baile na sara

— Na sara saracura quem ninguém não atura

Margô chegou piçuda dizendo que a sara tinha dito que ela era capaz de meter mais michês que a margô e que se margô não metesse pelo menos vinte michês por dia podia desguiar Se virando pra evêmero margô disse que duvida-v-a-vá que a cafetina pudesse meter algum michê

— *Elle? Elle est comme la poupée d'jeanneton elle n'a ni cul ni fesses ni tétons...*[1]

---

[1] Ela? Ela é como a boneca de Joaninha. Ela não tem bunda nem coxas nem tetinhas. (*N. do A.*)

MARMELADA

Embora a cara fosse mais lisa que uma tábua era pra miquimba a tábua de salvação Andava atrasadinho e falou pra tábua

— Quer me fazer uma caridade neguinha?

Mas a neguinha não era do *salvation army* e respondeu perguntando

— Tu não se enxerga?

Miquimba ficou logo com vontade de plantar a mão na cara da sujeita mas ela atravessou a rua sirrindo toda prum cara forçudo que tava manjando eles da outra calçada

Puto da vida miquimba foi pro "café bar e bilhares flor do estácio" e entrou com uma vontade doida de pegar um pato pra tirar a forra nele Encontrou desabrigo e como não tinha parceiro nem um para depenar numa sinuca convidou ele pra jogar bilhar francês Desabrigo topou e mandaram vir as bolas

— Quer saber desabrigo? — miquimba falou — Acho muito chato jogar só valendo o tempo

— Se tu me der trinta pontos pode valer os aperitivos e os bifes com fritas

— Neca! Os vinte eu dou mas se der mais é de colher pra você... Nem chega a ter graça!

Combinaram então vinte pontos de partido e começaram Logo de entrada desabrigo deu de florear jogando de tabela Tava crente que ia dar um banho no miquimba Não sabia que o outro tava tapiando o jogo só pelo gostinho de ganhar apertado Se tava! Teve até uma hora que pra não fazer carambola miquimba cuspiu no mata-piolho e molhou a ponta do taco sem desabrigo ver Nem tem que que ver! O taco espirrou ali em bruto e miquimba bancou que tava triste como quem perdeu a mãe (dele) Outra hora fez a bola repicar de propósito só pra desabrigo marcar mais uma virada Mas porém quando o tempo da partida ia se finindo miquimba tirou um fino impossível e deu um efeito ao contrário que até parecia cagada E cada bola seguida cada puxada que ele fez! E nas últimas cinquenta carambolas — meu Deus do céu! — juntou as bolas tão bem que desabrigo falou aporrinhado

— Tem jogo aí pruma semana

E quando ele acabou de dar a tacada desabrigo largou o taco E quando ele perguntou se queria sair pra outra fez que não com a cabeça porque tava com um baita cagaço Taco é taco!

Entraram no reservado pra comer os bifes com fritas e miquimba puxou uma conversa pra desabrigo não se alembrar que tinha feito feio Falou

— Tás fazendo ponto agora por aqui?

SÃO JORGE E O DRAGÃO

Sabendo por durvalina que desabrigo parava no "flor do estácio" evêmero foi pra lá Nas águas dele ia anatole dando palpite

— Parece que saímos dum outro mundo não? Que ambiente antinatural! E que linguajar! Se você não traduzisse o patuá daquela decaída juro que não haveria entendido patavina do que ela narrou acerca do amásio

Olhou pro céu pra ver se a a lua tava lá Tava E são jorge também

— Como é mesmo aquele vocábulo esquisito significando detenção?

— Dita

— Que chulice!

Deu nova espiada pro céu pra ver se a lua continuava no mesmo lugar Continuava E são jorge continuava brigando com o dragão

— Você sem dúvida pretende escrever algo sobre essa gente não?

— Pretendo

— Logo vi Do seu conhecimento de calão deduzi o objetivo

— Será a única justificação para o meu interesse pela gíria?... Vocês beletristas são gozadíssimos! olham tudo na vida como motivo pra um conto Não suportam o ambiente — como é mesmo o palavrão? — antinatural em que vivem essas criaturas e querem encarcerá-las num mundo de papel!

— Perdão! Quem pretende escrever é você

— Pretende é esbodegar com vocês e com o que vocês representam!

— É o método dos boches

— Boches?

A voz de evêmero foi correndo até o finzinho da rua júlio do carmo bateu no muro do depósito de papel e repetiu por deboche

— Boches?

Evêmero falou mais

— Pra mim é gostorento como quê ver como vocês metem a ripa na gíria nacional e chamam os alemães de boches Eternos anatoles frangos!

Anatole viu bem que o outro não tava falando com o umbigo dele mas fez de conta que era e pra disfarçar perguntou um troço

— Não entendi o sentido duma frase francesa que li hoje Você está em dia com o idioma de racine?

— Assim assim É de racine mesmo?

— Não consigo recordar o autor mas rememoro perfeitamente a frase cujo sentido suspeito que é de cunho gírico

E falou o que margô tinha dito pra ele na hora h Evêmero primeiro riu e depois espinafrou

— Tome vergonha anatole! Você ouviu isso foi da margô

Vendo que o grupo não pegava anatole bancou o espiantado

— É mesmo! Nem me lembrava — e apontando pra cachola — Perca de fosfato...

Olhou pro céu outra vez pra ver se são jorge tinha matado o dragão Lua são jorge e dragão tinham todos sumido...

— Com esse negócio de desembarque dos ingleses margô quis te avisar que tava quasi de paquete

— Paquete?

— Desculpe Não me lembrava que você é estrangeiro *Elle espere la venue des régles menstruelles*

Naquele dia anatole tava mais pesado que desabrigo na página dezenove (LOÇÃO MERCÚRIO)* desta quasi-novela Eis senão quando pra evitar repetições de truques literários o autor resolveu botar um bonde nestas linhas Botou Então anatole aproveitou e disse que ia tomar aquele bonde porque tinha um encontro urgente marcado na cidade Pediu meia trava com a mão pro motorneiro mas teve que pegar o bonde nos nove pontos mesmo porque o motorneiro era casado tinha nove filhos morava em niterói se chamava manel e andava queimado com a tal de laite em pó!

---

*Nesta edição, p. 38.

UMA MÃO

O condutor deu a saída (tim-tim!...) e veio catando níqueis (... dois pra laite e um pra mim) Cobrinha se aguentou e só quando o "faz favoire" ia chegando perto dele é que saltou floreado de costas deixando o galego no hora veja

— Bá rouvaire oitro panilairo!

Deu uma banana pro babaca (toma) e por causa disso atravessou a rua pensando que se portuga fosse bicho inteligente podia ter dado uma resposta torta "Descasca e come!"

Comer! Tomara que o portuga tivesse mandado ele comer e que mão dele fosse uma banana de verdade Podia até ser um mamão né? Se uma mão fosse um mamão como seria bom Ah como seria bom se uma mão fosse um mamão!

Ele andava feito um vira-latas — uma enganação desgranhada De tão magro que andava vira-latas até era gordo perto dele Tava tão magro tão que manhã cedinho quando entrara no café do comprade — lembrava — o garção perguntou

— O senhor vai querer leite?

Quasi vomitou o que não tinha no estômago

— Será que tou com jeito de quem tá com a brasileira?

— Não senhor!
— Deixe então de bobagem e me traga um parati
— Pequeno?
— É

O *garçon* não disse mais nem tico e foi Foi sim mas é pensando que cobrinha tava tuberculino mesmo Cobrinha ficou pensando também uma coisa e quando o garção Voltou pediu um lápis e uma caixa de fósforos emprestados Batia uma cadência no pau-pequeno e escrevia um troço no mármore da mesinha E o garção danado pra saber que que ele tava fazendo e safado porque ele tava sujando o mármore Veio de fininho com o pano na mão pra reclamar e limpar mas aí viu o que era e disse

— Teja a vontade

Cobrinha viu logo que o igualdade gostava um bocado do troço e cantou pra ele acompanhando na caixeta

> Quero ficar aloprado
> tomando um porre danado
> talvez a coisa indireite
> Vou no buteco da esquina
> o *garçon* chega e se enclina
> — O senhor vai querer leite?

POETAS E VAGABUNDOS

O cartaz na parede ensinava "Beba mais leite" Dono do "flor do estácio" dizia que aquele cartaz era um bom negócio Era mesmo Tão bom que quando desabrigo mais miquimba acabaram de boiar e viram o cartaz se lembraram na mesma horinha de tomar umas batidas de limão Depois tiraram o gosto ruim do limão com umas batidas de abacaxi e só depois é que desabrigo sentiu umas porradinhas nas costas Virou pra ver quem tava dando e ficou cheio de vento quando evêmero falou que tinha vindo só por causa dele e mandou logo o garção trazer três batidas duplas de tamarindo Apresentou também

— Esse aqui é o miquimba que já foi bicheiro jogador de chapinha e agora vai ser beque do "poesia futebol clube"

— Muito prazer
— Muito prazer

Se apertaram as mãos e evêmero sentou Desabrigo pegou a falar

— Sabe miquimba?...

Miquimba não sabia mas ficou sabendo que evêmero já tinha escrevido poesia no jornal e agora ia botar num livro a vida de todo vagabundo e mulher da vida que ele soubesse

— ... não é seu evêmero?

Seu evêmero fez que sim com a cabeça e como já tava mais pra lá do que pra cá por causa das batidas deu de contar uma história comprida de miserê que acabou com um negócio assim

— Sou poeta por ser vagabundo ou vagabundo por ser poeta? A resposta depende muito de quem faz a pergunta Do ponto de vista ético todo poeta é vagabundo e do ponto de vista estético todo vagabundo é poeta Poeta ou vagabundo em potencial mas sempre poeta e vagabundo ou vagabundo e poeta Ora se entre poetas e vagabundos a diferença é milimínima não acontece o mesmo entre vagabundos e malandros O primeiro é sempre um idealista e é portanto individualista enquanto que o segundo é pragmatista e é povo Há entre os dois a diferença quilométrica que há entre uma balada de françois villon e um samba de noel rosa...

Miquimba não tava pescando níquel e ia pedir pra ele trocar aquilo em miúdos quando desabrigo disse

— Quando ele começa a falar difícil é porque já tá porradinho da silva

O POSTE

A milagrenta nossa senhora da granfinagem do outeiro mandou a manicure embora e quando a manicure vinha vindo pra casa notou um vagabundo acampanando um pau d'água na rua machado coelho Viu logo que o vagabundo ia dar um golpe mas fingiu que não viu apertou o passo e quando chegou no largo do estácio com hadoque lobo encontrou miquimba

— Venha comigo depressinha moço acudir uma vítima do álcool que vai ser afanada por uma vítima de si mesmo

Miquimba tirou primeiro um fiapo no corpo da manicure Então vai perguntou

— Você faz uma caridade depois pra mim?

— Faço

Miquimba não conversou Meteu o calcanha na rua agarrado no braço da manicure e chegando na esquina de miguel de frias com machado coelho deu com cobrinha vendo se afanava evêmero

— Que que há mano velho?

Cobrinha deu o serviço

— Tem mais duma semana que não vejo grude e vou fazer a grana desse otário

— Então deste azar porque o nossa amizade tá com a cara e a corage Espetou agorinha uma porrada de batidas no "flor do estácio"

Reparou que a manga do paletó de cobrinha tava pingando sangue

— Solinjada?

— Não Foi por causa do mamão — e cobrinha pegou a contar que tava pensando em mamão e quando viu tinha comido o dedo duma mão — Distraimento...

Enquanto ele contava a história pro miquimba evêmero foi indo e longe dali pra burro encontrou um poste do tamanho dum bonde Puxou conversa

— Sabe seu poste? Vou escrever um livro bom à beça...

O poste só tinha tamanho e safadeza mas por causa disso é que andava cheio de complexo de superioridade e bancou que não tinha ouvido

— ... vou escrever ele todo em gíria pra arreliar um porrilhão de gente Os anatoles vão me esculhambar Mas se me der na telha usar a ausência de pontuação ou fazer as preposições ir parar na quirica das donzelinhas cheias de nove horas ou gastar a sintaxe avacalhada que dá gosto do nosso povo não tenho de modo nenhum que dar satisfações a qualquer sacanocrata não acha?

Aquele era o único poste do mundo que não gostava de pau d'água Puritano até dizer chega Porisso é que não deu nem uma confiança pra evêmero e atravessou a rua todo circuncisfláutico feito um *gentlemen*

— Ora seu poste vá à merda!

Quando o poste ouviu isso perdeu a linha Se virando falou assim pra evêmero como um postinho qualquer

— *Your self ye son of a bitch*[2]

O guarda 69 vinha passando e evêmero disse pra ele

— Por que não dá uma cana nesse poste malcriado seu guarda?

— Tá besta seu! Não tavendo que ele é estrangeiro?

---
[2]Você é um bom filho-da-puta. (*N. do A.*)

TERCEIRO ATO

CAFÉ PEQUENO

Tava chegando o carnaval de 1942 quando cobrinha tomou um bonde errado Foi no "nice" café onde tão sempre mosqueando os que batem letras alheias nas caixas de fósforos compradas por dois níqueis pra ver se vendia o samba "beba mais leite" com letra e música dele

Todo mundo achou que o samba era pra lá de mais melhor e outras conversas moles mas não quiseram comprar ele porque

— O samba é de chuá! Sucesso garantido Deixe por minha conta que eu falo com o galhardo e dou um jeito pra você na gravação

Ou

— Eu vou falar com aquela morena abafante da nacional pra ela programar na hora do abacaxi

E cobrinha veio mais teso do que nunca sem nem ao menos um crivo pra tirar umas tragadas Na praça onze se abaixou pra apanhar uma guimba na secura da vontade e quando procurou um parceiro pra pedir fogo foi que viu o miquimba na porta do cinema rio branco espiando cartaz Jogou a bagana fora e bateu no ombro do outro

— Me dá um cigarro mano?

— Se arreie em porta de igreja mas não peça em pé porque é muito feio

— Tás aí pra dar o teco miquimba?

— Como tu sabe meu nome?

— Então tu vai dizer pra mim que não lhe conheço?

— Como é que tu se chama?

— Vais dizer que não sabes que eu sou o cobrinha?

— Ué!... é mesmo gente! Mas tu não eras maneta!

— Ah isso é uma história da fome! Tem um porrão de tempo que não pego gordura

e cobrinha pegou a dizer que um dia começou a pensar que a mão dele bem que podia ser um mamão e pegou a mastigar em seco pra tapiar o estômago Em seco? Viu que tinha engolido mesmo uma coisa e vai ver tinha sido o dedo Agora tava só com o cotoco de braço

— Até foi no dia que eu tava acampanando aquele porrista pra fazer uma autopsia lembra?

— Agora lembro Você até me contou que tinha comido o dedo por distraimento

E miquimba tirou um vale do china e deu pra cobrinha e disse que ia falar com um cara pra arranjar uma defesa pro cobrinha e foi embora. E cobrinha se riu pra burro quando entrou no china marreco e o china gritou

— Salta um ovo talado! Bem passado! Fegueis não qué cu!...

IV. PUNTO DE VISTA

Azorin que com baroja unamuno e outros deu vastíssimo berro do ipiranga em prol da liberdade estética assim opina no já clássico "clásicos y modernos"

"La vida es lo que hace la obra de arte, La obra en que haya vida será bela com todas las incorreciones de estilo que tenga, con su sintaxis defectuosa, con sus asonancias, con sus faltas de ortografia. Sin vida, no perdura, contrariamente, un libra, por aliñado, pulido y brilhante que sea su estilo No nos afanemos en hacer lo que hacian los escritores de hace tres o quatro siglos. Vivamos, apasionada y libremente, nuestro tiempo"*

---

*A vida é o que faz a obra de arte. A obra em que haja vida será bela com todas as incorreções de estilo que tenha, com sua sintaxe defeituosa, com suas assonâncias, com seus erros de ortografia. Sem vida, não perdura, contrariamente, uma libra, por alinhado, polido e brilhante que seja seu estilo. Não nos esforcemos para fazer o que faziam os escritores de três ou quatro séculos atrás. Vivamos, apaixonada e livremente, nosso tempo. (Tradução livre, *N. da E.*)

DE COMO EVÊMERO OPINOU SOBRE USOS E ABUSOS OU O RESULTADO DUMA DESCHATEAÇÃO

Dia paulificante aquele Chateado evêmero escreveu pra encher linguiça

"Bem fei que nam he módica empresa querer alguem introduzir neotericas lingoagens no commercio das letras Diram orthographos e outras caftas de philologos que em se tratando de lingoagem antiguidade he pofto Iffo porém me nam molefta Se confultarmos authores inda em ufo hemos de topar nelles coufas que affi efcrevem em seus abufos do defufo"

No parque nemoroso filandras engrinaldavam flabeladas comas perladas pelo rocio Alçando o níveo braço a tímida donzela colheu doirado pomo

"Já que affi efcreveram os coelho neto e olac bilavo na fua falta de induftria he então affas louvavel fazer do ufo um abufo e desvariar-fe em abufos da ufança? Se a efturdia dos indoutos affi me advertira lhes refpondera no fentido da pregunta exhibindo hum exemplo como efte

Colheu mais uma flor no jardim da sua preciosa existência a prendada senhorinha maria odete bretas fino ornamento da nossa melhor sociedade que dados os seus elevados

dotes de espírito e coração recebeu as mais expressivas demonstrações de simpatia e apreço

"Logo vem indoutos e zoilos que tanto fe semelham os efcriptores que abufam do defufo como os que fazem do ufo um abufo Diffo dei prova e que he huma identidade de contrários eu o inculco com giordano bruno"

Evêmero descansou um bocadinho a cabeça e a munheca depois continuou

"Semelham-fe effas coufas já por ferem impopulares de difficeis ou por demasiado populares de fáceis e nunca por ferem do povo Ferão do povo que no seo engenho he o creador das lingoas no presente lingoas que no futuro ferão o pretérito mais que perfeito dos grammaticos porque o verbo mui depende de tempos e peffoas..."

V. POINT DE VUE

Henri bauche escreveu especialmente pra aborrecer o nosso enorme campos de carvalho na sua "langage populaire"

"Le peuple de France a créé le français; il l'a fait, il l'a enfanté en ce qu'il a de véritablement français; il l'a mené jusqu'a nos jours au point où nous l'entendons aujourd'hui; et les écrivains et les savants, malgré une très grande influence dans la fabrication des mots nouveaux, n'ont fait que marcher à sa suite. En réalité, le vrai français c'est le français populaire. Et le français littéraire ne segue artificielle, une langue de mandarins — une sorte d'argot..."*

CONTO DO VIGÁRIO

Desabrigo
... pois como ia lhe dizendo eu tava a nenhum quando conheci a durva Mulher é um bicho safado mas ela era do peito e disse que ia me defender o algum com a patroa Pensei que a durva ia meter um vale mas pensei errado Ela chegou foi com um porrilhão de chuveiros e um bobo de platina

---

*O povo da França criou o francês; ele o fez, ele o trouxe ao mundo naquilo que tem de verdadeiramente francês; ele o guiou até nossos dias, ao ponto em que o escutamos hoje; e os escritores e os sábios, apesar de uma enorme influência na fabricação das palavras novas, nada mais fizeram a não ser caminhar seguindo-o. Na realidade, o verdadeiro francês é o francês popular. E o francês literário segue artificial, como um "falar mandarim" — um tipo de gíria. (Tradução livre, *N. da E.*)

Vigário
Bobo?

Desabrigo
Quem trabalha pra homem é relógio seu vigário. Porisso é que a gente chama ele de bobo

Vigário
Engraçado!

Desabrigo
Vai ela me deu os negócios afanados e eu peguei botei eles empenhados na mão dum cara Ontem vi que tinha feito uma ursada com a durva coitada e me deu um remorso puto na cabeça Pensei "Vai ver que a pobre da moça pode ser presa por causa dessa sacanagem e gosta tanto de mim que até me passava o algum de vez em quando" Então vim aqui falar com seu vigário

Vigário
É meu filho você fez uma coisa muito feia Além do gravíssimo pecado de se apropriar de cousas alheias ainda ilaqueou a boa fé duma mocinha fazendo-a pecar Isso meu filho foi uma grave ofensa a deus!

DESABRIGO

Eu já devo tar bem manjado por ele seu vigário Me lembro até que trovejou num dia em que eu tava chamando na xinxa uma garota cabaçuda lá do pindura-saia

VIGÁRIO

O passado é o passado meu filho Depois você se penitenciará das velhas culpas O mais premente é salvar a moça das garras de satã e da polícia... Por quanto empenhaste as joias meu filho?

DESABRIGO

Duzentos mangos seu vigário

VIGÁRIO

Olha meu filho o altíssimo me diz que és a ovelha desgarrada a ovelha preferida no rebanho do senhor E eu humilde pastor que deus na sua santa bondade guia e ilumina eu meu filho serei o instrumento de que deus se servirá para tua salvação Vai buscar as joias meu filho

DESABRIGO

Com que gaita seu vigário?

VIGÁRIO

Eu te daria o dinheiro filho meu mas para que tentar o espírito do mal? Traz aqui a pessoa a quem confiaste as joias que eu as resgatarei para maior glória do senhor

E desabrigo saiu da casa do senhor e daí bocadinho voltava trazendo miquimba com as joias E seu vigário desempenhou as joias e disse pra desabrigo que ia entregar elas pra madame dona delas E quando seu vigário foi vender as jóias na joalheria disseram pra ele que aquilo era micha das mais puras e ele foi na polícia dizer que tinha caído no conto

O SEU DIA CHEGARÁ

Dona da pensão veio falar pra evêmero
— Tem gado aí le percurando
— Gado dona anabelina?
— Pensa que eu não conheço mulher da vida até pelo chêro?

Mulher da vida que tava procurando ele era durvalina Vinha trazer cigarros e frutos e grana prele levar pro desabrigo
— Ele tá no hospital?

— Tá é em cana outra vez e outra vez por causa do cobrinha O senhor não sabia?

— Lhe juro que tava em brancas nuvens

Aí durvalina contou como o cobra tinha se encontrado com miquimba e se lastimado da sorte Miquimba então tinha falado pra desabrigo que o cobra andava mesmo fudido e vai desabrigo baratinou um padre apanhou a granolina dele e mandou miquimba dar pro cobra

— Agora a faxina do distrito me falou que ele vai pegar processo

— Quanto tempo de cadeia?

— Num sei não Acho que vou meter advogado pra soltar ele

E disse que a margô tinha dito que ajudava ela pagar advogado e disse que margô tinha agora um velho abacanado que ajudava ela e disse que

— Sempre que eu olho praquele velho granfa fico pensando "Deixa estar seu pirobo O seu dia chegará!"

— Por enquanto é só cartaz de loteria durva

— Por enquanto é Mas um dia o azar dá neles também e eles fica igual a gente

Então achou que era hora de ir indo e foi Ainda tava na porta quando pediu

— Não diga pro desabrigo quem mandou as coisas prele ouviu? Faça boca de siri

E ai é que foi simbora se remexendo se requebrando se remoendo se rebolando toda pelos corredores da pensão deixando dona anabelina que viu ela passar tiririca safada aporrinhada porque já tava na casa dos cincoenta e nove e meio e não tinha macho que tivesse corage de topar ela nem no escuro Falou danada

— Essas vaca

E só de raiva que ficou quebrou o pinico de ouro que o primeiro gostoso dela coronel da guarda nacional tinha lhe dado lá por volta de 1900 quando ela era a mais gostosa e esporrentamente bela aleijada (leia-se donzela) da bahia com h por causa do senhor pedro calmon

BATALHA DE CONFETI

Coisada tava carnavaleando fantasiado de jeca na batalha de confeti da praça onze quando cobrinha encontrou ele Cordão "fome aqui é mato" vinha passando e cantando o samba maioral de 42

> Quero ficar aloprado
> tomando um porre danado
> talvez a coisa se ajeite

Mas é mesmo minha sina
vem minha cabrocha e ensina.
— meu amor beba mais leite...

Cobrinha esperou o bloco cabar de passar e falou

— Esse samba era meu Me bateram ele lá no "nice" e agora tá abafando

— O cumpadi tem razão Essis cabra do "nice" véve robando os ôtros pruque o que êlis fais num dá pá pagá o capim quêlis come

Cobrinha riu por causa do que o coisa tinha dito e porque achou graça dele imitar fala de caipira e porque precisava de rir porque tristeza não paga dívidas Quando parou de rir falou

— Eu dando soco porque não tenho milequinhentos pro espanhol da bira e esses lunfa apanhando os pacotes que o samba deve tá dando Essa vida é uma merda seu coisada!

— Fedorenta cumpadi! Mais iscute aqui só Vancê inda tá sem cobre?

— Liso teso duro como um poste!

— Cumpadi miquimba num lhe deu uma vaca pra vancê?

— Nem um galo nem um peru nem um cachorro quanto mais uma vaca Me deu sim foi um vale pro china... Por que tas perguntando?

— É pruque... pruque maginei
— Se pensamento fosse verdade todo mundo era rico
Às vezes eu faço de conta que sou rico mas não adianta porque é só por dentro e ninguém nunca é rico de verdade só por dentro

O "fome aqui é mato" passou estrebilhando
Não bote água no leite leiteiro
Bote cachaça pra defender mais dinheiro
Então bateria se desmilinguindo todo mundo meteu a
 [segunda parte

Quero ficar aloprado
tomando um porre danado
talvez a coisa endireite
Vou no boteco da esquina
O garção chega e se enclina
— O senhor vai querer leite?

Coisada não se aguentava mais Se virou pra cobrinha
— Vamos cair na fuzarca?
Vancês tarveis num querdite mas — lhis juro pulos santos tudo que a fulinha dá — cum fome i tudo cobrinha si meteu no broco e ficou sambando inté o dia manhece Pru causa dessas coisas é que eu perfiro os anarfabeto aos pessoá que tem leitura compreta e garro

a maginá tamem as veis qui o zaratustra bem que tinha rezão quano dizia — "Eu só aquerditaria num deus que sobesse sambá...

VI. PUNTO DI VISTA

E o seguinte o modo de ver de pirandello no "sei personaggi in cerca d'autore"

"Ma se é tutto qui male! Nelle parole! Abbiamo tutti dentro un mondo di cose; ciascuno un suo mundo di cose! E come possiamo intenderci, signore, se nelle parole ch'io dico metto il senso e il valore delle cose come sono dentro di me; mentre, chi le ascolta, inevitabilmente le assume col senso e col valore che hanno per sé, del mondo con'egli l'ha dentro? Crediamo d'intenderci; non c'intendiamo mai!"*

---

*Mas se tudo aqui é mal! Essas palavras! Todos temos dentro de nós um mundo de coisas, cada um com seu mundo de coisas! E como podemos nos entender, sentir, se nas palavras que eu digo coloco os valores das coisas como são dentro de mim, enquanto as ouço, inevitavelmente as assumo com o senso e o valor que têm por si, do mundo interior. Acreditamos entender, não acreditamos mais! (Tradução livre, *N. da E.*)

O ETERNO RETORNO

Evêmero andando pelas ruas do mangue (agora o mangue acabou) andando pelos escuros da lapa (a lapa acabou) passando pela praça onze (praça onze acabou) procurando os irmãos dele

— Cadê a sara saracura o coisa o miquimba o velho bonzão na cuíca o rio de janeiro do meu tempo que não é o tempo do senhor luiz edmundo?

Ninguém não respondeu prele Falou mais

— Cadê durvalina margô todas prostitutas minhas irmãs e o gerente do "flor do estácio" e o garção que gostava de samba e até o guarda 69?

Ninguém não respondeu outra vez feito deus naquela poesia do castro alves Perguntou de novo

— E o camelô e o cobrinha e a manicure e a cara que não era do *salvation army* e o coronel da dona anabelina mais ela cadê?

Aí viu delegado anacreonte passar num v. 8 e o anatole passou também desmamando uma garotinha de onze anos e o vigário benzia eles com a mão esquerda E todos se riam dele embora ele não ligasse e continuasse perguntando

— Cadê meu irmão desabrigo cadê?

Então uma voz que vinha passando e que se chamava verbo respondeu pra ele

— Teu mano desabrigo vai ficar toda vida no xadrez e eu acho melhor que em vez de tar berrando aí feito bezerro tu faça alguma coisa Ele foi encanado por ajudar um pilantra como você que tava se devorando pra se conservar

Evêmero então foi indo pra casa e foi pensando "É preciso fazer mesmo alguma coisa Isso não pode ficar assim!" Metralhadoras pipocavam na imaginação dele "É preciso fazer qualquer coisa — um esbregue danado de medonho ou uma revolução" Bombas explodiam arrebentavam quebravam casas matavam sacanocratas ensanguentavam o horizonte como um novo sol "É preciso fazer alguma coisa — agir agir agir...

Tava perto de casa e deu uma espiada no relógio Entrou pisando forte Olhou de novo pro roscofe Meia-noite Rodas de bonde chiavam em sua imaginação Tussiu (3 vezes 3 igual a 9 mais ½ da noite igual a 9 ½) nove vezes e meia Despiu o paletó (metralhadoras metratrabalhadoras metralhadoras) arregaçou as mangas da camisa (metralhadoras metralhadoras metralhadoras) e metralhou na reminton

"Cobrinha entrou no buteco e botando dois tistas no balcão pediu pro coisa

— Dois de gozo

Coisada atendeu *à la minuta* Largou no copo talagada e pico de água-que-passarinho-não-topa e sem tirar a botuca da cara de cobrinha empurrou o getulinho

— Tou promovendo a bicada

Depois de enrustir o nicolau e derramar gole pro santo cobrinha mandou o lubrificante guela abaixo Já desguiava quando pulga mordeu ele atrás da orelha e ele falou pra dentro "Quero ser mico catar bagana e coisa e loisa se nessa coisa do coisa não há coisa" Então voltou e falou pra for...

Rio, 1942-1943

GLOSSÁRIO[3]

abacanado — rico, mão-aberta.
acompanhado — seguido, observado, vigiado.
anatole — passadista, acadêmico, beletrista.
anauê — integralista, fascista.
arreliar — chatear, aborrecer.
bafafá — discussão, bate-boca, tumulto.
bagana — ponta de cigarro.
basquete — trabalho, atividade.
bate fundo — briga feia.
bater as botas — morrer.
brasileira — tuberculose.
bira — o mesmo que birita, cachaça, trago.
boiar — errar, não entender.
cachola — cabeça, cuca.
canastra — diligência policial, também chamada cana.
carambola — malabarismo, firula, no jogo de bilhar.

---

[3]Na elaboração deste glossário, utilizamos o *Novo Dicionário da Gíria Brasileira*, de Manuel Viotti. (*N. do A.*)

china — restaurante barateiro.
chuveiros — brilhantes, pedras preciosas.
circuncisfláutico — faceiro, cheio de ginga, posudo.
crivo — cigarro.
dona justa — polícia.
dita — penitenciária.
engalicado — desconfiado, cabreiro.
esbregue — barulho, confusão, modo de bronquear.
escolado — vivido, experimentado, transado.
estácio — palerma, tolo, otário.
fandango — baile animado.
ferro — pedaço de arame forte.
flosô — manha, dengo, fita.
frege — briga, tumulto, algazarra.
frutas — bichas.
gado — prostituta.
gaitolina — dinheiro, grana.
galo — nota de Cr$ 50,00.
galhada — situação difícil de resolver.
getulinho — moeda cunhada com a efígie do ditador Getúlio Vargas.
gordura — comida.
grude — o mesmo que gordura.
guimba — o mesmo que bagana.
lambada — gole, trago, de cachaça.
manga de colete — aquilo que não existe.
mata-piolho — polegar.
meia-trava — sinal de parada.

melado — sangue.
michê — gastador.
micheton — mulherengo, grande gastador.
miserê — falta de dinheiro, penúria.
mosqueando — ouvindo com atenção.
nicolau — dinheiro.
palas — dicas, informações.
pacotes — dinheirão.
pato — bobo, otário.
patolando — pegando, apanhando.
peru — nota de Cr$ 20,00.
pescando níquel, estar — não entender nada.
piçuda — irritada, furiosa.
pirantes, dar os — fugir, escapulir.
porradinho — bêbado.
quengo — cabeça.
quirica — vagina.
sacanocrata — desleal, fofoqueiro.
São Carlos, morro de — favela localizada no bairro carioca do Estácio.
solinjada — navalhada, corte.
sueca — navalha.
tiragem — turma de policiais.
tirar os panos — despir-se.
tista — tostão.
totó — nota de Cr$ 5,00.
trela — conversa mole.
xilindró — cadeia, xadrez.

Outras narrativas

ACALANTO*

Para os meus filhos após crescerem.

1958

I. O PAI DIZEU

O pai dizeu: "É hora de neném bonito dormir." E botou neném na cama.

Neném não quer dormir. Basta fechar os olhos e prender o sono lá dentro que a gente dorme. Mas neném não quer fechar os olhos.

O pai do neném é um pai muito grande e muito bom. Ele conta a estória da bananinha e é um pai muito engraçado. Mas agora ele está brigando com a mãe, na sala, e o neném não quer nanar.

O pai é engraçado por causa que ele tem um bigode. Neném quereu fazer o bigode do pai no papel e o pai não achou bom. "Não rabisca o papel do pai, menina!'!" O pai dá papel, dá lápis e ensina a fazer bigode. Mas o pai falou assim, hoje.

---

*Esta novela, meio vida meio ficção, aparece nas várias versões com outros dois nomes além de *Acalanto*: *O corsário*, *O gato no ar*. (*N. da Org.*)

Hoje ele é o pai zangado.

A mãe gosta de neném por causa que a mãe é boa e deixa o neném escrever o bigode no papel. A mãe não tem bigode, mas é engraçada. Ela diz que dá um dinheiro pra neném comprar caramelo, quando neném comer a aveia toda. "Toda, ouviu ?" Então, neném não deixa ficar nem um tiquinho assim no prato e aí, a mãe dá.

Mingau de aveia é uma coisa mole com açúcar dentro. Caramelo é melhor. Vandinha gosta mais de aveia. Vandinha é burra.

Vandinha é neném, mas não é Biluca. Biluca é que é o neném do pai e da mãe. Vandinha é neném de outro pai e de outra mãe. Mas o pai de Vandinha não é engraçado.

Vandinha é boboca. Vandinha não sabe que borboleta é uma mosca grande que dá nas flores; Vandinha não sabe que escuro é preto quando não tem lâmpada; Vandinha não sabe que a estória da bananinha é tão engraçada, meu Deus! ... Vandinha é porca. Ela faz mijinho na cama todo santo dia. Mas todo santo dia não é igual a todo dia santo. "Dia santo é outra coisa, meu bem." O pai dizeu.

O pai agora, fazeu um "pschiu!" bem grande. Hoje ele é o pai zangado. E a voz da mãe é bem grande, também. "Pschiu, nada!"

Gente grande tem a voz muito grande. Voz de pintinho é pequetitinha assim: piu, piu, piu. Voz de pintinho é bonita, mas quando neném ficar grande vai ficar com a voz muito grande, também. Uma voz bem zangada.

Quando neném ficar grande não vai brigar com o pai por causa que ele não tem dinheiro pra comprar mingau de aveia. Mingau tem um cheiro quentinho, mas caramelo é melhor. E quando neném ficar grande, o pai vai sempre dar uma porção de dinheiro pra ela comprar caramelo. O pai é um pai muito bom.

Visita também dá dinheiro, mas a mãe ensina: "Não se deve aceitar. É feio, Biluca." Quando a visita dá bala, a mãe sempre manda: "Diga obrigada, minha filha." Dizer obrigada é ruim por causa que a gente esquece.

É ruim visita que nunca dá bala, bota neném no colo e não deixa ela ir embora brincar com o Joli no quintal. Joli é cachorro, mas é bom. O homem que veio cobrar a conta é "aquele cachorro que não presta", o pai dizeu.

Joli mora no quintal, perto da árvore que se chama eucalipto. Eucalipto de quê? Vandinha é Vandinha de Souza, mas Eucalipto neném não sabe de quê. Joli também ela não sabe. Mas não vai perguntar a mãe, não. A mãe ralha.

Ontem, neném não quereu mingau. A mãe tinha fazido um mingau muito ruim. Neném dizeu pra mãe: "Neném não gosta." A mãe fazeu um barulhinho com a boca. "Puxa, angu doce é bom!" Neném perguntou: "Mãe, angu o que é?" A mãe dizeu: "É milho." Neném perguntou: "Milho o que é?" A mãe dizeu: "É planta." Neném perguntou: "Planta que é?" A mãe ficou zangada: "Ora, não me aborreça, menina! Trate de comer ou leva uma palmada!"

A mãe ralha com neném, mas não ralhou com o homem de nariz tão engraçado que comeu o café derramando na toalha. É um homem muito bom que o pai gosta. Ele quereu dar um dinheiro de papel escrevido pra neném e aí neném ensinou: "Não posso não, homem. É feio, sabe?" O pai riu, a mãe riu, o homem riu. Dizer "não posso não, homem" é besteira?

Neném pensa com muita força. Gente grande é engraçada por causa que a mãe dizeu: "Vá brincar com a Vandinha, minha filha. Tenho de conversar uma coisa com o pai." Aí, neném foi na varanda e gritou: "Vandinha!" Vandinha é surda, meu Deus! Neném gritou de novo: "Vandiiiiiiinha!" Veio dizer pra mãe que não tinha Vandinha, e a mãe ralhou por causa que estava brigando com o pai.

E a mãe, agora, está brigando. "Você é um banana! Poesias, filosofias, ficções... Estou farta, farta de tudo isso... Cadê o mingau de aveia da menina, cadê?" Mas o pai, agora, não fala com a voz bem grande. Neném acha que ele não é mais o pai zangado. É o pai engraçado, de novo. "Sim, eu sou um banana", o pai dizeu.

II. O CONTADOR DE HISTÓRIA

Neném lembra uma história que o pai conta. A mãe não gosta. Mas é uma história que tem peixinho, passarinho e ratinho. Uma história bonita.

A história começa quando o pai era solteiro e morava na roça, pertinho dum rio. Naquele tempo, ele ainda não sabia onde é que a mãe estava e procurava ela muito — debaixo da cama, atrás da porta e dentro do armário, mas nunca encontrava.

Um dia, quando o pai tinha ido ver um barulho que fazia na despensa, encontrou o ratinho que mora no buraco da parede. Foi, o pai perguntou: "Onde está a mãe, ratinho?" O ratinho é um bicho muito feio que faz barulho na despensa e não sabe as coisas. Ele respondeu assim: "Não sei."

Outro dia, quando ele foi ver quem andava pinicando as frutas do quintal, encontrou o passarinho que vive trepado no galho das árvores. Foi, o pai perguntou : "Onde está a mãe, passarinho?" O passarinho é um bicho muito feio que pinica as frutas do quintal e, também, não sabe as coisas. Ele respondeu assim: "Não sei."

Então, quando o pai foi beber água no rio, encontrou o peixinho que toma banho lá e perguntou: "Onde está a mãe, peixinho?" O peixinho é um bicho muito bonito que toma banho lá e sabe as coisas. Ele respondeu assim: "A mãe está morando escondida no fundo do rio."

Aí, o pai botou a mão na água e ficou com medo de procurar a mãe no fundo do rio por causa que a água era fria e ele constipava. Então, foi, ele perguntou de novo: "Como vou tirar ela?" O peixinho ensinou: "Tira com um arame torto, chamado anzol." O pai fazeu assim, mas só tirou com o anzol foi as coisas que a mãe usa: colar, batom, brinco, *rouge*, pó-de-arroz e até o espelhinho onde ela fica sempre espiando a cara uma porção de tempo.

A mãe ficou zangada. Ficou muito zangada, veio na beiradinha d'água e dizeu: "Me dá minhas coisas." O pai tinha pegado as coisas e ido pra longe. "Vem buscar", ele dizeu. A mãe balançou a cabeça que não e dizeu: "Joga elas aqui." Mas foi, o pai dizeu: "Não jogo por causa que o pó-de-arroz derrama e estraga."

Aí, a mãe saiu da água feito uma boba, o pai pegou ela e casou e neném nasceu.

"Nada, minha filha." A mãe riu. "Seu pai me conheceu na praia, sabe?"

Neném sabe. Neném gosta de praia. Neném riu. "Está vendo como ela entende as coisas, Hélio? Pra que encher a cabeça da menina de tolices."

Praia tem areia e a gente brinca na areia de fazer buraco. Buraco é terra que a gente tira e bota num monte.

A mãe não deixa brincar na terra por causa que suja a roupa, mas na areia pode. Areia é terra limpa.

"Eu estava tomando banho de mar e seu pai..."

"Não conte as coisas de modo prosaico."

"Poesia não dá camisa a ninguém."

"Não dá, nem tira..."

"Eu quero que a menina cresça..."

"Crescerá com o tempo."

"Quero que ela cresça fazendo uma ideia exata da realidade. Nada como uma mentalidade prática."

"Dá tempo ao tempo."

"É de pequenino que se torce o pepino."

"Se você quer contar as coisas como aconteceram realmente, diga que estava sentada na areia, exibindo a plástica."

"Naquela época eu tinha uma bela plástica."

"Tinha..."

"Apesar de lavar tanques e tanques de roupa, os homens ainda se voltam na rua pra me ver."

"O pai ficou zangado e foi embora pra janela assobiando. Ele sabe assobiar. Assobiar é soprar. Neném sobra com força e não sai assobio.

"Mãe." A mãe olhou. "Você sabe assobiar?"

"Não." A mãe dizeu. "Não sou malcriada."

A mãe não sabe. Assobiar é bom pra chamar cachorro. A gente assobia e depois diz: "Vem cá, Joli!" Joli ouve e vem correndo com uma porção de pernas. Cachorro tem uma porção de pernas e a gente não. Mas a gente também vem correndo quando a mãe chama, não é?

"Não sou malcriada." A mãe dizeu de novo. "Não assobio porque tenho educação, Biluca".

"Por favor!" O pai veio pra perto da mãe . "Não vamos discutir diante da menina!"

"Estou dando mal exemplo à criança? Você acha?"

A mãe ficou com os olhos bem zangados. "Pois tomara que ela se recorde desta discussão, quando estiver na idade de casar."

"Está bem, minha cara. Tomara que ela recorde. Mas, o melhor seria você ir preparar o mingauzinho dela agora, pra lhe dar."

"Mingau?" A mãe riu por causa que mingau é engraçado. "Escute, minha filha. Um dia a mãe vai te contar a história de um casamento em que não havia peixinho, nem ratinho, nem mingauzinho, nem nada, sabe?"

A mãe não gosta da história que o pai conta. A mãe é má.

III. O-HOMEM-DE-NARIZ-TÃO-ENGRAÇADO

Chaleira detida no alto — o bule aguarda a água embaixo, esquecido — Diana arqueia os supercílios, surpreendida, a esperança de ter ouvido mal a acentuar-lhe o verde das pupilas. Parado, no meio da cozinha, Schultz é uma estátua — o charuto apagado, no canto da boca; o fósforo e o olhar acesos — à espera.

Dá-lhe as costas e despeja o resto da água no coador, magoada com a proposta, reflete que reflete. Ficou louco, puxa maconha, anda bebendo, algo no estilo. Mas... deixá-lo. Ela carece mesmo é de comprar um novo coador. Os de morim levam um tempão para coar, não prestam.

Podia entrar nas lojas e adquirir coisas e coisas. Me dê isso caixeiro, mais aquilo. De embrulhos, uma pilha. Aveia para Biluca, coador de flanela, até meias de seda, bolsas, luvas, perfumes etc. Podia, óbvio. Outras mulheres, sem os seus atrativos, obtêm de um tudo — como a mãe de Vandinha, dona Glória, uma dessas. Mas, se é mais afortunada do que a outra — rica de ancas, de seios e de coxas, nunca irá sacar um centavo por conta. Seu luxo é ser honesta.

O café, fi-nal-men-te!, encheu o bule — esmaltado de azul, com papoulas no bojo. Ornato inadequado. Muito antes de ser flor, as papoulas são vício. Se o bule fosse posto a serviço do ópio, ela nada teria contra o adorno.

"E então, Diana?"

A sorrir, vira-se para ele — ainda feito estátua, o fósforo apagado, ainda na mão. Compreensiva, num tom amigo, dá-lhe a oportunidade de corrigir o erro.

"Somos amigos, Schultz. Pra mim é como se você nada tivesse dito."

"Mas eu disse" — ele teima. "Fiz uma proposta."

"Na boca de outro homem, seria insultuosa. Na sua..."

Conhece-a desde pequenina, quando ela ainda brincava de roda, laçarotes de fita nos cabelos etc. É só uma tolice momentânea.

"Acha?"

"Claro." — Acha mesmo. A não ser que... "Schultz, você bebe?"

A voz dele, que nem tabefe na justificativa, de um gole só.

"Detesto!"

Melhor pilheriar.

"Deve ser o charuto."

Sem nenhum senso de humor, ele sacode a cabeça em negativa.

"Não, não é. E você sabe que não é."

Destaca um novo fósforo na carteira e risca-o no atritador. A chama ilumina-lhe o rosto ao ser levada à extremidade do charuto. Elásticas, um fole, suas bochechas sugam e expelem o fumo. A baforada sobe densa e vai enovelar nas alturas do teto — nebulosa em espiral — um lerdo rodopio.

"O motivo é você."

"Eu?..." Nervos tensos, ela solta uma risada fria. "Você é muito espirituoso, Schultz."

"Não, não sou. E você sabe que não sou."

Ele anda um pedaço, para e fica com o busto emoldurado pelos caixilhos da janela. Deixou de ser estátua; converteu-se num quadro de Rembrandt — as espáduas a ocultar boa parte do céu e a luz da tardinha. No *chiaroscuro*, o que a incomoda realmente é o fato da cozinha haver ficado um bocadinho mais sombria, compondo um quadro tétrico.

"Sou é gordo, calvo, feio, bem feio. Mas isso não me impede de amar o que é lindo. E você é bem linda."

Tira o charuto da boca e olha-o. Súbito — gesto brusco — atira-o no quintal pela janela.

"Diana..."

Então, como era de prever, avança para ela — lento, pesado, firme, decidido — um, dois, três, quatro passos...

"Não se faça de tolo!"

Ao ver o bule na mão dela — erguido, a fumegar — ele se imobiliza. Tem um sorriso dolorido, triste.

"Você se engana. Eu não pretendia..."

"Foi um impulso, sei."

"Não sou de impulsos, Diana."

"Ainda bem. Como vê..." Ela sacode o bule e sorri, dubiamente. "Já aprontei o café. Venha tomá-lo".

Bule na mão, passadas rápidas — ela sai da cozinha e entra na sala, seguida de perto por Schultz.

"Céus!" A toalha da mesa, enviesada, quase a cair no assoalho; o vaso do bufê, derramado e sem flores; as pétalas espalhadas, aqui e ali, por toda a parte. É um estrago, o tufão em pessoa, essa menina... — guria endiabrada!

Schultz dá uma olhada na autora da façanha — serena, a dormir sobre o capacho.

"Desordem é sinal de atividade."

"Pois não saiu ao pai." Ela coloca o bule em cima do bufê e se encaminha para Biluca. "Dá gosto ver as coisas dele, tudo bem arrumado."

"Os abúlicos são assim. Carentes de vontade, gastam o seu tempo a ordenar as coisas em vez de realizá-las."

Sem ouvi-lo, numa surdez de acinte, Diana bota a filha no colo e leva-a para o quarto. Se Schultz continuar a criticar-lhe o marido, prepare logo os ouvidos, pois lhe dirá poucas e boas. Hélio é de fato um bocadinho mole, mas escreve em revistas, tendo algum renome. E Schultz, que é? Nada mais do que um anônimo, zero à esquerda, nada!

Apesar de irritada, dá prolongado e tenro beijo na menina, ao deitá-la na cama; devagar; cuidadosa. Tem um sono de plumas, a diabrete; poderá despertar.

Claro, não fosse a garota e viveria em paz com o marido. Literatura — que grande escritor se manteve à custa dela? Cervantes e Dostoievski, inda que geniais foram uns coitados. Dediquem-se a cultivá-la os que podem, os ricos. E se a pobre findar, morrer de anemia por falta de talentos... Adeus, querida amiga, *resquiescat in pace*!

"Estive dando umas olhadas aqui." Informa-lhe Schultz, quando ela retorna à sala. Corre um dedo nos cartões do fichário que está sobre a escrivaninha. "Teu marido anota tudo que lhe ocorre, não é verdade?"

"Não sei." Ela endireita a toalha, apanha num compartimento do bufê o açucareiro e as xícaras do serviço de café, pondo tudo na mesa. "Não costumo bulir as coisas dele."

"Faz bem. Não iria lucrar nada."

"E acho melhor você não bulir. As notas de Hélio ainda não caíram em domínio público."

"Está bem, está bem. Não precisa brigar" — diz Schultz, a rir. "Mas veja só o que ele anotou aqui. Se um gato é jogado de certa altura, de pernas para o alto, cai de pé porque se apoia no ar sobre a inércia de uma parte de seu corpo. De modo análogo, quando lhe falta o amparo da sociedade, o homem é levado a agir como um felino, e tende a procurar um apoio em si, durante a queda ou tomba de cabeça para baixo."

"E daí, Schultz? O que há de errado nisso? Eu acho o paralelo válido. Uma pessoa, às vezes, tem de ser egoísta como o gato."

Ele se escandaliza.

"Egoísta, o gato?" Joga o cartão na escrivaninha, vem até a mesa e arreia o corpanzil no assento da cabeceira. "Os felinos de fato não são lá muito sociáveis. Mas, mesmo quando está faminto, o gato deixa a gata comer a sua sardinha. Ele é altruísta quando ama, cara amiga."

"Não confunda altruísmo com comércio" — adverte Diana. "O gato troca a sardinha pelos favores da gata."

"Há machos que nada dão as suas fêmeas."

Ela finge não perceber a alusão. Enche de líquido a xícara e a põe diante dele.

"Tome o café e dê o fora, Schultz. Tenho montes de peças pra lavar."

Ele se serve do açúcar. Depois, ruidoso, chupa a bebida em demorados tragos, lábios a formar bico e bochechas cavadas. Nossa, que falta de modos! Doida que o deseducado acabe de beber e vá, ela risca com as unhas a toalha.

"Não deves lavar roupa" — diz ele, a observar o que ela faz. "Tens mãos de gente fina, mãos fidalgas. Essa tarefa rude acabará por deformá-las."

Diana cessa de vincar o pano e examina as próprias mãos, fidalgas arruinadas, obrigadas a esfregar vestes e vestes, tirar-lhes o sujo e o encardido com sabão em barra. Sabão em pó seria o ideal; não precisa esfregar, lava sozinho. Mas não pode adquirir, o preço é mais puxado; custa loucos dinheiros uma caixa.

"Mande lavar a roupa fora. Eu pago."

"Não, Schultz. Obrigada."

"E por que não?"

Ela não lhe responde, a mirar a mão esquerda. Um fio de ouro contorna ali a pele morena do anular, num bonito contraste. Curioso — o valor que a gente dá a um mero aro de metal ao redor de um dedo!... Unidos nos bons e maus momentos, fidelidade eterna — todas essas frases. Há quem não ligue para elas, claro. Embora use aliança e o marido ganhe misérias, dona Glória não lava. Dá para a lavanderia até as peças íntimas, os sutiãs e as calcinhas a pingar gosma — essa putona descarada!

"Por que não aceita, Diana?"

"As lavadeiras dão cabo da roupa. Ficam com preguiça de lavar e exageram na água sanitária."

"Qual, recusas porque sou eu quem paga. Mas, sabes por que o Hélio não pode fazer isso?"

"Ele não tem as tuas posses, Schultz. Assim, não pode prover com regularidade todas as nossas despesas, mas faz o possível. Além de tudo, não te pedi nada."

"Só ofereci porque te matas de trabalho, e o Hélio curte a vida. Ele é um inútil, não faz nada. Se quiseres largá-lo e ir viver comigo, poderás ter de tudo."

Diana nunca ouviu proposta tão suja. Indignada, vai replicar, quando o carrilhão enche a sala de tons musicais e bate, em seguida, três pancadas. No instante em que a última reboa, ela previne:

"Está na hora do Hélio chegar e acho melhor ires saindo. Se eu me queixar de ti, ele te põe lá fora aos tapas."

"Ah, adoro uma briga" — informa Schultz, a esmurrar com o punho da mão direita a palma da esquerda. "Vou esperar pelo valente."

"Não, o senhor não vai" — afirma Diana. Levanta-se, caminha até a porta e a escancara. "Suma, antes que eu vá para a varanda e chame aos berros os vizinhos!"

O ultimato parece surtir efeito. Schultz abandona a cadeira, vem em passadas lentas e ela recua, a lhe ceder espaço. Todavia, ao passar por Diana, ele se vira ligeiro e lhe desfere forte soco no estômago. Sob o impacto do golpe, ela dobra o tronco em dois, para diante, leva outra pancada na nuca e cambaleia, os ouvidos a zumbir e as pernas frouxas. Iria ao chão, caso ele não a amparasse.

Schultz atravessa o aposento com ela nos braços, joga-a no sofá e lhe desnuda as ancas. Ainda tonta, Diana procura levantar o torso e abaixar a saia, Um murro no queixo, catapulta-lhe a cabeça no encosto do sofá.

"Relaxe e aproveite, cadelinha. Se tentar resistir, apanha mais."

Não, não é a ameaça que a paralisa. Os músculos não obedecem, embora ela não tenha perdido de todo a consciência. Schultz enfia uma das mãos por entre as coxas dela, enclavinha os dedos no fundo da calcinha, rompendo o pano e arrancando um tufo de pêlos da vulva, num empuxe brutal. Então, desce o fecho da braguilha e vai sacar dali o membro, quando ouve dizer às suas costas:

"Ué, você está rasgando a calcinha da mãe?"

A surpresa quase faz Schultz pular. Na porta do quarto, a filha de sua vítima o encara com espanto. Deve ter visto tudo, sem entender anda.

"Estamos brincando e ela pediu que eu rasgasse."

Biluca fica interessada.

"Brincando de quê?"

"De marido e mulher, menina curiosa." Ele chega perto da entrada do cômodo. "Olhe, se você ficar quieta aí no quarto, enquanto a gente brinca, vai ganhar um presente?"

"Caramelos?"

"Um saco enorme."

Empurra a garota para o interior da peça e torce a chave trancando a porta. Mas quando se solta, dá com o sofá vazio. Recuperada, Diana ganhou a varanda e começa a gritar.

Ele não sabe o que fazer, desorientado. Uma alternativa será escapar pelos fundos, mas acaba se arriscando a sair pela frente. Ao vê-lo, Diana se afasta e ele passa bem distante dela, o corpo encolhido e as bochechas a tremer, acovardado.

"Não faça escândalo" — pede baixo. "Estou saindo."

Tenta aparentar tranquilidade ao chegar ao portão, apinhado de gente, mas um sujeito parrudo lhe toma a frente.

"Que aconteceu, meu camarada?"

"Ela se assustou com um rato" — mente Schultz.

"Vou comprar-lhe um calmante, na farmácia."

O outro não se arreda.

"Isso é verdade, dona?"

Diana vacila. Schultz na polícia, ela depondo, a imprensa, sensacionalistas com o seu nome, retrato e manchetes. Tentativas de estupro, vítima de ataque social. As pessoas do bairro a apontá-la e a supor, maldosos, que o estupro não ficou apenas na tentativa. Não basta haver escapado do estupro, todo mundo tem de acreditar que a gente escapou. Em caso oposto...

"Sim, foi um rato" — confirma.

O grandalhão fica a olhá-la, incrédulo.

"Medo de rato, uma mulher tamanha!"

Olha para Schultz e recua, a ceder-lhe espaço. Este sai e os circunstantes se dispersam a comentar por entre risos o acidente.

Diana entra na casa e vai libertar a filha.

V. A HISTÓRIA DE BANANINHA

Embora a menina repita a pergunta, ele não lhe dá resposta. O parágrafo inicial da narrativa está tomando forma em sua mente. Certo dia — não me recorda mais exatamente quando... Não. É ruim de doer. Era uma vez... Melhor. Mas o caso é que tal fórmula é cediça e tem algo pueril. Lembra o começo dos contos de fada.

O pior não é isso. Uma introdução, por mais bemfeita que seja, desagrada ao leitor de nossos dias. Deve-se na atualidade, consoante o melhor Maupassant, entrar de chofre no tema da estória, sem nenhuma antecipação. *Cela fui était venu, un dimanche, aprés la messe. Il sortait de l'église...* Um bom exemplo de abertura, este. O *il*, como se o autor falasse de um nosso velho conhecido, dispensa qualquer introito. E, mestre que era, o escritor gaulês...

"Escuta, pai." Sua filha puxa-lhe a aba da camisa, a fim de fazê-lo voltar à realidade. "Você não vai contar a estória da bananinha?"

Diabo, ele preocupado com a questão do ponto de partida e a criaturinha a aborrecê-lo, a pechinchar!

"Agora não, nenê. Papai está bastante atarefado agora, sabes?"

Os olhos de Biluca, arregalados, exprimem o pasmo de quem não pensa assim. O pai só está mesmo é sentado na poltrona, com umas folhas de papel no colo e uma esferográfica entre os dedos, a olhar para diante — nada mais.

"Está bem, minha enjoada." Ele dá leve piparote na orelha da menina, a puni-la com brandura. "Papai conta e a belezoca dele vai brincar lá no quintal com o Joli."

"Ele foi embora" — informa a guria. "Foi na rua com a mãe."

"Ué, a mamãe saiu?" Recorda haver entrevisto a mulher, a espreitá-lo da porta da cozinha. "Ela falou a que lugar ia?"

"Não. Mandou eu vir pra cá."

"Para me importunar, não é?"

Biluca faz que sim com a cabeça. Nossa, que ingenuidade! Ele segura-a pelo ombro, atraindo-a para si. Ao afagá-la, pensa que ainda há de escrever para ou sobre crianças. Será difícil escrever sobre, é claro. Pode-se observar uma criança, copiar-lhe o vocabulário e ficar só na superfície de alma infantil, feito libélula a deslizar nas faces d'água, sustida pela líquida densidade. E a tarefa pode ser mais custosa, caso a gente acredite que a criança se exprime de maneira errada. Se *acendido* constitui o particípio regular de *acender*, por que *escrevido* não constituirá o de *escrever*? E se é correta a forma verbal *morreu*, por qual razão não será *fazeu*? A criança racionaliza certamente em demasia a linguagem. Mas, em termos puramente lógicos, sua gramática é a certa, e a do adulto, a errada. Agora bem, para escrever sobre ela, observar aquilo que diga ou faça é indubitavelmente necessário, mas não basta. Só um mergulho fundo, bem fundo, no próprio íntimo...

"Você não conta, pai?"

Emerge do fundo do abismo onde dormita a criança do passado.

"Era uma vez" — começa — "num quintal muito grande, uma apetitosa bananinha. Ela morava na penca de um cacho, lá bem no alto de uma bananeira..."

"Daquela grandona?" — indaga Biluca, ficando na ponta dos pés e erguendo as mãozinhas acima da cabeça, pra indicar a maior bananeira que conhece.

"Sim, morava na grandona, neném. Morava lá e, um dia, pegou a imaginar que era bem chato ficar a vida toda naquelas alturas sem fazer nada, nada."

"Você não faz nada?"

"Que ideia, menina!"

"O homem do nariz tão engraçado disse pra mãe que você não faz."

Essa ideia só podia ser mesmo do Schultz. Para o amigo, escrever não é o que se possa chamar de trabalho.

"Ele disse isso porque faço uma coisa que ele não sabe fazer. Conto estórias, neném."

"Ah..."

"Pois bem, como eu dizia, a bananinha achava ruim ficar assim sem fazer nada, nem mesmo contar estórias. Foi, ela achou que era melhor virar um barco."

"Um grandão?"

"Um bem grande". Ele abre os braços, a exagerar. "Baita assim, neném."

Ele pega uma banana na fruteira e corta ela com a faca bem no meio. "Isto é o casco." Aí ele pega o fósforo e espeta na banana. "Isto é o mastro." Vai, ele rasga um papel e enfia no fósforo. "Isto é a vela."

Uma vez neném perguntou se era vela de acender. O pai ensinou que tem a vela de acender e vela de fazer barco andar com o vento. "São coisas diferentes. Entendeu, neném?" Neném entendeu. Mas a vela de acender é igual à vela de fazer barco andar com o vento. Ela também precisa de fósforo.

Agora neném não pergunta mais se é vela de acender. Ela fica bem quietinha, vendo o pai fazer o barco. Ele faz e fala: "Hoje vou contar a estória em versos." Aí, vai no meio da sala e conta a estória assim:

Era uma banana a vela
a polpa, carga de prata,
no casco, casca amarela

Neném não gosta de verso. Verso sempre tem palavra que a gente não sabe. Ela não sabe o que é *pulpa*.

"Escuta, pai". Ele escuta. "Pulpa o que é?" O pai sabe tudinho. "Não diga pulpa, minha filha" — ele fala. "Diga polpa". Neném diz, e ele ensina: "Polpa é o miolinho que tem dentro da banana." Neném pensa se não é miolinho feito o de pão.

Ela pergunta, e o pai sacode a cabeça. "Exato" — ele diz. "Agora neném vai deixar papai contar a historinha sem interromper, não é?" Neném deixa.

> Sem medo de naufragar,
> audaz, a banana a vela,
> singrava um verde pomar

Pomar neném sabe o que é. É um quintal cheio de frutas, parecido com a fruteira. Quando a gente compra frutas, a fruteira fica cheinha. O pomar também fica, mas a gente não precisa de comprar. Ele é bom, dá pra gente.

> Dos pomares nunca some
> um comilão de espantar:
> o feroz corsário Fome.

> E o tal corsário a espera,
> Bandido que tudo come,
> Banana alguma é — era.

Na hora que fala corsário, o pai sempre bota a mão perto da testa e espia de um jeito engraçado, pra cá e pra lá, com um olho bem fechado e o outro bem aberto, Vai, ele pega a faca e bota ela na boca, segurando com os dentes.

"Papai, você é corsário?"

"Sou, Biluca."

"Jura sua mãe bem mortinha?"

O papai cruza os dedos chamados de fura-bolos e beija eles.

"Quero ver minha mãe morta se eu não sou um corsário de perna de pau chamado Fome."

Coitado do pai, ele é o corsário Fome, e fome é ruim por causa que a gente tem que comer mingau de aveia. Neném não gosta de fome ruim, só gosta de fome boa. E fome boa é uma fome de sorvete.

O sorvete tem casca, mas não precisa descascar: pode comer ela também. A casca de banana é que a gente não come, joga fora. E se jogar no chão, a mãe ralha. Casca escorrega o pé, dá tombo, e a gente fica capenga.

Capenga é o homem que pede esmola. Ele anda com uma perna entortada e pede: "Me dá uma esmolinha pelo amor de Deus." A mãe dá pão e ele come, mordendo com força. Coitado, ele tem fome de corsário, também.

"Pai, o homem que pede esmola... ele é corsário?"

"Deixa eu ver" — o pai fala. "Ele tem uma caraça barbuda, uma faca na boca e um chapéu de caveira?"

"Ah, então ele é só um mendigo, Biluca. O corsário sou eu."

O pai é corsário e vem pegar a bananinha, capengando engraçado. Então, pega a banana, come ela toda e fala:

> Era uma banana a vela,
> carregadinha de prata.
> Mas ninguém sabe mais dela.

Neném sabe. A bananinha está na barriga do pai. Gente come banana. O pai é gente
"É a mãe." Anuncia sorridente.

VI. O VERMELHO É UM GRITO

De fato, as pisadas se aproximam, e sua esposa entra a seguir na sala, acompanhada pelo cão. Ainda na soleira da porta, ao vê-lo com a filha, franze o cenho.

"Temos algo de grave a discutir" — previne, largando a bolsa de compras no chão. "O gerente do armazém..."

Ele leva um dedo aos lábios a indicar-lhe, com os olhos, a menina.

"Falamos já" — promete. "Logo que eu acabe de contar a estória da bananinha pra Biluca."

Ela enviesa os olhos para a filha. As rugas da testa se lhe acentuando bem mais, ao indagar:

"Será que essa tolinha não se cansa de ouvir sempre a mesma coisa? Era uma vez, ou até mesmo duas, ainda vá. Mas ouvir todo dia é de amargar."

"A sensibilidade dela é diferente."

"Ah, é? Espanta-se ela, em tom de escárnio. "Veja, eu não sabia!"

"Sabes" — contesta ele, brandamente. "Já te expliquei que a mente das crianças é diferente. Atualiza de certa maneira as coisas."

"Não creio."

Ela puxa uma cadeira e senta-se a discordar. A menina tem é pouca memória; isto sim é verdade. Dá-se-lhe uma palmada e ela cai no choro. Mas, daí a um bocado, está rindo de novo e de novo a brincar.

"É isso mesmo, Hélio. Criança esquece tudo."

"Não esquece, Diana. Custa mais a lembrar."

"Ué!" O ar de espanto dela agora é genuíno. "Custamos a lembrar o que esquecemos, não?"

"Nem sempre. Quem retém maior número de coisas custa mais a lembrar."

Ela sorri-lhe, compassiva.

"Uma pessoa experiente, um adulto" — fala — "tem menor número de coisas a recordar que uma criança?"

"Não tem menos, é lógico. Só que o adulto recorda com maior facilidade porque esquece mais."

"Devo ser burra. Não posso entender como..."

"Pois é fácil. Sabes me dizer o que é o vermelho?"

"Vermelho?... Olhe, vou responder, embora ache a pergunta ridícula. O vermelho, todos sabem, é uma cor."

Ele procura a filha com os olhos. Esta desistiu da estória e está sentada no capacho da porta, com a cabeça do Joli no colo. Diverte-se a catar pulgas no pescoço do bicho.

"Escuta, Biluca." Ela ergue o rosto, atenta. "Que é vermelho?"

"É quando a gente pega a faca da cozinha e corta um dedo?" Indaga a menina, cautelosa.

"Creio que sim, querida. Mas que acontece, quando você pega a faca e corta um dedo?"

"Aí eu grito" — responde a garotinha.

Como o pai e mãe desatem a rir, fica a olhá-los, alternadamente, entre desconcertada e aturdida.

"De que cor é o sangue, minha filha?"

Os olhos dela se iluminam.

"Ah, ele é vermelho" — diz.

Jubilosa, espera por um tempo outra pergunta. Depois, como esta não venha, retorna às pulgas do Joli.

"Vês, Diana?" — ele fala. "Para a menina o vermelho é sangue. Mas, quando tenta evocar o que é, vem-lhe à memória o conjunto de circunstâncias em que se deu essa percepção. Então, ela lembra todo o cortejo de impressões simultâneas. Recorda a faca, o dedo, o ferimento — tudo, até o grito. Só não lhe ocorre é que o sangue é vermelho, nem mesmo quando vou em sua ajuda e indago que lhe acontece ao golpear a mão."

"Isso não se dá apenas com ela" — objeta-lhe a esposa.

"Eu também ligo o vermelho a uma porção de coisas: às papoulas do meu bule de café, à luz da sinaleira de trânsito etc."

"Claro. Eu não digo que sejas uma máquina de raciocinar em abstrato. Mas, para escapar ao fluxo de imagens, tens o ardil mecânico da ideia. Esqueces as singularidades do concreto e recordas que o vermelho é uma cor."

"Qual, tu não me convences! Biluca é como eu. Vinha te dizer algo de grave, deixei-me levar pela conversa e esqueci o resto. A falta de memória, ela herdou de mim."

"Sim" — ele concorda, divertido. "Vocês têm mesmo algo em comum."

"Sou acriançada, não?" — ela infere, sagaz. "Pois agora, meu velho, vou agir de acordo com a idade. O sujeitinho do armazém..."

Alarmado, ele volta a lhe indicar com um gesto a menina. Em resposta, Diana olha para o teto e abre os braços.

"Céus, só mesmo uma mãe desnaturada não presta atenção àquilo que diz."

Faz uma mesura caricata ao marido e vai para outro ponto da sala, onde Biluca cavalga o pobre do Joli.

"Saia de cima do cachorro e vá brincar na varanda com Vandinha, minha filha, a mãe quer ter uma conversa séria com o pai."

VII. FILOZOOFIA

Pai entrou no quarto e a cara dele está triste.

"Que foi pai? A mãe te bateu uma palmada?"

O pai fica contente. Ele ri.

"Não, minha filha." Ele tira neném da cama e bota ela no colo. "Papai vai te fazer nanar na sala."

Biluca aperta bem o nariz contra o peito do pai. A camisa dele tem um cheiro igual ao que está dentro da gaveta do armário. Quando a gente abre a gaveta, o cheiro sai de lá. Um cheiro de roupa guardada.

"Pai, qual é o nome do cheiro da tua camisa?"

"Creio que é de uma flor chamada alfazema."

Engraçado, cheiro às vezes é grande e às vezes é pequeno. Cheiro de flor é pequeno e a gente tem de encostar o nariz. Cheiro grande não precisa: ele fede muito. Mas a mãe joga água e limpa.

A andar de cá para lá, o pai nina Biluca, e a mãe espia.

"Essa guria estava acordada?"

"Estava."

"Não admira. Dormiu muito à tarde."

Que mãe mais boba, neném não dormiu! Neném ficou deitada e escutou o relógio da sala derrubar um montão de barulhinhos: blem, blim, blum; blum, blim, blem. Aí, ele só fez cair umzinho: blum; outro, blum; e outro, blum. Foi, a mãe pegou a zangar e a brigar. A mãe sempre zanga e briga.

"Eu não dormi não, pai. Eu estava acordada e escutei a mãe brigar com o o homem-do-nariz-tão-engraçado."

"Essa garota deve sofrer de insônia" — a mãe fala. "Me aborreci de fato com o Schultz por ele haver dito que a literatura não te rende nada."

"Não dizes o mesmo?"

"Mas posso dizer, e ele, não. Gosto muito de ti, apesar do que diga."

Quando a mãe fala que gosta, o pai abraça tanto Biluca que machuca. Aí, ele vai até perto da janela e olha para a casa da mãe de Vandinha.

"Se eu fosse um operário, como o marido da vizinha aqui do lado, ganharia menos. Pois bem, ela se queixa?"

"Não sei. Quase não falo com essa mulherzinha."

"O diminutivo é inadequado, Diana. Nossa vizinha é um belo tipo de mulher, um mulherão."

"Pode ser, mas a conduta dela não é bonita. Consta aí pelas ruas que ela dá tudo aos homens, exceto adeus."

"Ela dá caramelos?"

"Caramelos e outras doçuras gosmentas."

O pai sai da janela e se vira pra mãe.

"Acho melhor mudar de assunto."

"Mas é verdade, Hélio. Falam mal dela em todas as moradias deste bairro."

"A moral das casas suburbanas é como as persianas das janelas que deixam passar o vento e os rumores das ruas, interceptando a luz."

"Abra então a janela e me ilumine."

"Ela pode ser ninfomaníaca."

"Se é cadela no cio, tira proveito do seu apetite. Mas ao chegar no fim da queda, quebra a cara."

"Queda moral não é física, Diana. Segundo um filósofo, a que é imoral aqui, lá nos Pirineus não é, embora toda queda obedeça à lei da gravidade. Assim, se a vizinha mudar para um bairro elegante, pode cair em pé, exibindo a cara na capa e o corpo no texto das revistas, como a nova gatona do local."

"A filosofia justifica tudo, não?"

"Acho que sim, mas não se trata de filosofia, trata-se de filozoofia, uma categoria literária criada por fabulistas, na qual o animal falante nada mais é que a imagem da sua localização moral."

"Para esses fabulistas, tua imagem é a do gato ou a do cão?"

"Caso eu possa subornar o meu, ele fará de mim um magnífico angorá de zona chique. No caso oposto, serei apenas um pobre vira-lata, a fugir das pedradas suburbanas, com o rabo entre as pernas."

"Você sabe latir, como Joli?"

"Cão que ladra não morde, e eu prefiro morder, Biluca. Mas quando tua mãe revela que gosta de mim, dá-me vontade de ser o Joli e ir lamber as mãos dela."

A mãe ri e vem se abraçar toda com o pai. Neném também fica contente e faz um carinho na bochecha dela, por causa que agora a mãe é a mãe boa que não briga.

"Eu te gosto, mãezinha."

"Eu sei. Você é um anjo, minha filha."

Anjo neném não é não. Neném não sabe voar e anjo sabe. Mas se estourar trovoada, ele não voa. Trovoada é um barulho danado, quando o céu fica com raiva. O anjo escuta o barulho com medo, vai se esconder atrás das estrelas e, para ele voar outra vez, Deus manda trovoada acabar. "Cale a boca, pestinha!" Berra Deus. Aí, o anjo pode de novo voar.

Enquanto o anjo voa, o pai e a mãe se beijam. Apertada entre ambos, Biluca acha tudo gozado por saber que eles sempre brigam depois se abraçam, beijam... e tornam a brigar.

"Eu queria te fazer uma surpresa, mas vou dar a notícia agora" — o pai fala. "Me pagam amanhã aquela tradução."

"Que bom, o Natal se aproxima e iremos ter na data um dinheirinho extra. Por falar na data, o que gostaria de encontrar no interior dos seus sapatos na manhã do dia 25 de dezembro, Hélio?"

"A crença em Papai Noel, Diana. Sim, eu queria que me dessem de novo essa ilusão da infância e, se fosse possível, a minha própria infância, um presente bastante adequado para um velho."

"Que exagero! Você tem pouco mais de trinta anos."

"Trinta anos é um resto de mocidade e o começo da velhice. Se tenho mais de trinta..."

"Papai é velho, Biluca?"

Neném tem de ensinar tudinho à mãe, ela não sabe nada. Nem o pai da Vandinha, nem o pai que conta histórias têm cabeleira branca e cara de papel amarrotado.

"Velho é um homem chamado avô" — Biluca ensina à mãe. "Pai nunca é velho."

O LOUVA-A-DEUS

1
GÊNESIS

> *Ça a debuté comme ça.*
>
> L. F. Céline

Entomólogo amador, deparo com um louva-a-deus no jardim de minha casa. Após capturá-lo, vou à biblioteca, encerro-o numa caixa de charutos e fecho esta na gaveta da escrivaninha de meu pai. Saio, nem me recordo mais para fazer o quê.

Quando volto, mais tarde, aturde-me o que vejo: o inseto devorou a caixa de charutos, a gaveta da escrivaninha e ataca o pouco que sobra do tampo do móvel.

— Diabo! — Meu pai entrou na biblioteca, seguido por minha mãe. — Que fazes aí, parado feito pateta? Vamos matar esse bicho!

Apanha uma régua e levanta-a. Frente à ameaça, o louva-a-deus ergue as patinhas dianteiras e junta-as, como a pedir clemência. Meu pai calcula o golpe e...

— Não, não faça isso! — pede minha mãe, a quem o gesto do animalzinho enterneceu.

Discutem, discutem. Em pouco, meu pai se encaminha para o botequim da esquina — o que faz sempre que o contrariam em casa.

Sob a proteção de minha mãe, o louva-a-deus galga tranquilamente a estante e começa a roer a capa de um velho in-quarto. Alta noite — devora os livros, a estante e demais móveis — investe para as paredes do aposento; após ter dado cabo do vestíbulo e da sala.

Infelizmente, o botequim da esquina abre cedinho. Mal clareia o dia, meu pai retorna para lá, e fico a sós, com minha mãe, no que sobra da casa.

Às sete horas da manhã, mais ou menos, estando no jardim. Uma vizinha se aproxima curiosa.

— Vão construir outro prédio?

— Não.

— Então por que motivo mandaram derrubar este?

Minha mãe explica. A outra, primeiro, arregala os olhos, espantada; depois, quando minha mãe une as mãos, na mímica do louva-a-deus, apieda-se:

— Tadinho!

O coitadinho, roído o último tijolo de nossa morada, passa de um curto voo às paredes da residência mais próxima, exatamente a da vizinha. Embora penalizada, esta põe-se a berrar pelo marido. O homem chega à janela, inteira-se do ocorrido e volta-se para mim.

— Seu pai, onde está?

— No botequim da esquina.

— Bonito, muito bonito. — Ele meneia a cabeça, com ar reprovador. — Ir para o botequim, enquanto lhe destroem a casa!

Olha o louva-a-deus por um instante. Depois empina o peito, resoluto.

— Vou buscar seu pai — comunica — para acabarmos com isto.

E vai.

Ao crespúsculo, o louva-a-deus já demoliu metade do quarteirão. Chefes e chefes de família se aglomeram no botequim da esquina. Um deles, magro em excesso, dá repentino murro no balcão.

— A situação não pode continuar assim.

— Claro, não pode — confirma o botequineiro, apanhando uma garrafa. Indica, logo a seguir, a taça vazia do magricela. — Outra dose?

— Outra.

— E o amigo? Outra dose?

— Dupla — reforça meu pai.

— O senhor é um bom copo — comenta o botequineiro, enquanto serve a bebida. — Bebe muitíssimo bem.

— Estou tentanto me animar — escusa-se meu pai. — Tenho de matar aquele bicho.

— Mas que mal lhe fez o inseto? — indaga o botequineiro, toda bondade em função da féria obtida. — Não ataca pessoas, destrói apenas casas!

Vai prosseguir na defesa do inseto, quando um freguês pede silêncio — dedo apontado para cima. Ouvimos, estarrecidos, um leve roque-roque no telhado.

Pálido, o botequineiro começa a tremer como um pudim.

— Só destrói casas, hein? — recorda-lhe o magricela, vingativo. — Pois chegou a vez da sua.

A esta altura, os bebedores voltaram a si do pasmo e passam a discutir. Sugere este que se fuja e fuja logo; aquele que se mate o bicho a socos; mas um outro propõe solução diferente, a divergir. Em breve, a alvitrar todos e todos a discrepar, ninguém se entende mais em meio de ensurdecedora algazarra. Um cavalheiro, porém, consegue dominar todo esse clamor, bramindo:

— Há um outro botequim!

Esta revelação tem efeito de tiro em bando de pardais: mata o alarido.

— Onde é que fica? — indaga um cara gordo.

— Na outra esquina — indica o cavalheiro.

— Que estamos nós fazendo? — volta a falar o gordo. — Vamos logo pra lá!

A execução em massa dessa ideia põe o boteco em movimento. Eu — cai aqui, levanta ali e pisa acolá sobre mesas, pessoas e cadeiras derrubadas — sou, não sei como, levado à rua pela multidão em rebuliço.

Na calçada fronteira, minha mãe se destaca por entre outras senhoras, todas a sorrir ferozmente, exultantes com a nossa retirada.

— Eu sabia que o bicho faria algo de bom — diz uma delas, emocionada e convicta.

Manhã seguinte, o Chefe de Polícia dirige-se ao Prefeito; o Prefeito é recebido pelo Presidente da República; convocam-se sessões extraordinárias do Senado, Câmaras dos Deputados e Vereadores. Imediatamente, várias providências são tomadas. Uma delas, desviar o tráfego das ruas ameaçadas pelo louva-a-deus; outra, importar bebidas do exterior pois todas as provisões de álcool da cidade estão esgotadas.

— As divisas necessárias à importação — argumenta um Deputado, falando a seus pares — podem ser recuperadas através de uma taxa que incida sobre a totalitariedade de impostos existentes. Num parêntese, sugiro que a taxa seja denominada ortóptera.

— V. Exa. me permite um aparte? — indaga o líder da oposição.

— Tenho sempre prazer em ouvir V. Exa.

— A minoria lembra a V. Exa. que se poderia cognominar de mantídea a taxa, vocábulo mais expressivo no tocante ao louva-a-deus.

— Fico grato à sugestão de V. Exa.

— Sugestão da minoria — retifica a modéstia do líder minoritário.

— Muito obrigado. Entretanto, a maioria que é reapresentada no momento por minha débil voz ...

— Não apoiado!

— Grato a V. Exa.

— Não há de quê.

— A maioria, como ia dizendo, não recuará em sua resolução de apodar a taxa de ortóptera...

Resolvida essa questão — pelo voto secreto — generais, capitalistas, artistas de rádio, teatro e televisão posam para cinegrafistas e dão entrevistas a repórteres nacionais e estrangeiros; beldades se inscreveram no concurso que elegerá miss louva-a-deus; intelectuais da nova geração lançam o manifesto Movimento Inseticista etc.

E enquanto isso, o louva-a-deus converte a cidade numa imensa ruína, deixando ficar de pé apenas as igrejas.

2
NA LINHA DO HORIZONTE

Use your legs.

Shakespeare

Um perneta, dias mais tarde, está propondo algo a meu pai. Resolveu ir se instalar com alguns amigos — aponta um grupo à espera, adiante — na igreja matriz de nosso bairro. Como o templo não é muito espaçoso, urdiram em surdina para evitar adesões. Mas, se meu pai quiser...
— Eu e a família?
— Claro.
— Um minutinho, por favor.
Improvisamos uma barraca no jardim, com lençóis e cobertores. Meu pai se encaminha para lá, desaparece no interior da mesma e dentro em pouco ressurge — fisionomia irada. Ao chegar onde estamos, consertou as feições e toma um ar compungido. Uma pena recusar o convite; creia. O outro, está sinceramente desolado. Em todo caso, apraz-lhe ver que tem no capenga um amigo; fica-lhe muito, muitíssimo grato.
— Sua mãe — elucida, logo que o aleijado parte na direção dos companheiros.
Não entendo de pronto.

— Minha mãe?

— Sim — ratifica, enviesando os olhos para a tenda. — Ela disse que não iria.

Sobrolho erguido, olha a barraca ainda por um tempo. Súbito, após haver comparado minha progenitora à esposa do boi, põe-se em marcha e toma o rumo do costume — os escombros do botequim.

Não tendo o que fazer, sigo por meu turno no encalço do perneta. Claudicante, este já se movimenta a distância, acompanhado por homens, mulheres e crianças — todos a caminhar em passos tardos, ao peso dos salvados de seus lares: trouxas de roupa, caixotes com panelas, mantimentos, brinquedos etc. Apertando o andar, junto-me logo ao bando.

— Vai conosco?

Uma jovem, não obstante a trouxa na cabeça e o ventre avultado, está sorrindo para mim.

— Não. — Acanha-me confessar que sou apenas um curioso e estiro o indicador para o fardo. — Vim dar-lhe uma mãozinha.

Isto de etiquetas não lhe ocorre; transfere-me, pois a carga, sem esperar que eu insista. Oscilo, as pernas bambas sob o peso. Ela se inquieta.

— Pode?

— Naturalmente. Replica-lhe insultado o meu orgulho masculino.

Em caminho, conta-me aos solavancos sua história. Mãe solteira. Ainda está envergonhada. Nunca iria supor que o filho dos patrões!... Foi um Deus nos sacuda, quando estes notaram que ela estava de barriga. Chamaram logo a Polícia. O Delegado lhe avisou que por essa vez passava. Sim, podia ir embora. Mas da próxima, se voltasse a faltar com o respeito às casas de família, ia tomar um cadeião...

Caminha um bom pedaço em silêncio, a remoer seus dissabores. Os meus, manifestando-se num resfolegar de cansaço, acabam por ferir-lhe a atenção.

— Não é nada leve, hã? — observa, como que a achar o espetáculo divertido.

— Não, não é — admito. — E o pior é que ainda estamos longe.

Ela olha para adiante. Lá, naquele ponto em que a terra se confunde com o céu, o santuário é um minúsculo salpico de cal entre as ruínas.

— Tem razão; não estamos nada perto — diz. — Mas devolva-me a trouxa. Já repousei bastante.

— O quê? — fico indignado. — Então, não compreende que nunca poderia admitir?

— Que coisa!... O senhor já está botando os bofes pela boca! — pondera com rudeza. — Não se faça de herói! Dê-me logo a trouxa!

— Prefiro a morte — digo.

Mas, daí a um nada, ainda que o faça sob um bilhão de protestos — como ordena a etiqueta — devolver-lhe a bagagem é um alívio.

É uma pergunta só — quando alguém verifica que continuamos à mesma distância da matriz, não progredimos um centímetro sequer, embora a nossa fadiga ateste que já percorremos uns bons quilômetros — que acontece? Permanecendo na instável linha do horizonte, o templo se desloca aos nossos passos, recua à medida que avançamos. Não há outra explicação para o fenômeno.

Supusemos, de início, que fosse uma miragem. Animados — claro que o santuário estava lá, na praça onde fora construído! — tocamos para diante. Mas, não; não era um sofisma dos sentidos, constatamos ao chegar. No local, entre os escombros, havia um limpo. E a igreja continuava no horizonte — a fugir como sempre, sempre a mesma distância.

Desanimado, um mocetão robusto deixa cair o corpo sobre a relva da praça, a soltar palavrões em todos os tons possíveis; outro moço, cordilheira de músculos, dá massagens na barriga das pernas, a deplorar o esforço feito e o tempo perdido; sentada em sua trouxa, a moça grávida acaricia o ventre e põe a mágoa dos olhos nas lonjuras do abrigo — e o resto do bando é a mesma desolação, mais abatidos todos do que as próprias ruínas.

Felizmente, o desalento não perdura. Os velhos, as mulheres e as crianças têm em pouco nos lábios aqueles risos de encurtar distâncias e querem seguir para diante, prosseguir!, prosseguir!, revelando-se dotados de grande força de ânimo.

Como é natural, quem mais deseja reencetar a caminhada é o perneta.

— Nada de esmaecer! — exclama, eufórico. — Vamos andar de verdade, companheiros!

Uma senhora idosa e magra, quero dizer, um senil feixe de ossos, concorda com o aleijado.

— Se andássemos de fato, já estaríamos na igreja. Temos de ir depressa...

— Em marcha acelerada — exagera o capenga.

— ... para alcançar a igreja — conclui a pré-histórica ossada.

— A igreja foge, minha avó — lembra o moço dos músculos. — Se ela ficasse paradinha, nem que fosse no triplo da distância, eu iria e levaria a senhora na garupa.

— Mas, se andarmos rápido...

— Não adianta, avó. A fuga aumenta.

— Aí a gente corre — argumenta um menino.

Cedendo a um impulso, a velha acaricia a cabecinha do seu ingênuo partidário.

— Curioso, um menininho ser mais valente do que adultos!... — admira-se, a desmanchar o penteado do guri com seus afagos.

— Não é covarde, vejo. E o moço ri, a olhar o garoto que enfrenta os carinhos da avoenga das caveiras com os cabelos em pé, arrepiados. — Sem dúvida não chora, quando leva palmadas.

— Pois o senhor chorava — afirma a velha, irritada com o bom humor do rapaz. — Não tem alma de herói.

— É porque tenho o físico — explica-lhe o moço. — Graças a ele e a ter um sono forte, capaz de amaciar qualquer granito, venho dormindo há dias sobre pedras, sem me achar herói por isso

A velha dá de ombros.

— Eu também durmo no chão e não me queixo — diz. — Que se há de fazer? — mostra, com um aceno, o casario demolido. — São provações de todos.

— Não, minha avó!... Não atribua a todos o seu valor — protesta o moço. — No seu caso, com o débil sono da velhice, dormir no chão é heroísmo.

— Acha?

— Evidente. Mas teria a senhora essa brava resignação caso lhe faltasse a esperança de que nem sempre terá de dormir assim?

Ela olha-o em silêncio, com uma expressão de dó.

— Na minha idade não se tem esperanças — contesta, por fim. — Tem-se é a certeza de que um dia todos acabaremos por repousar em paz.

— Num paraíso cheio de colchões, minha velhinha? — e o moço lhe devolve o olhar de comiseração.

Nesta altura, o rapaz dos palavrões soergue o torso, cotovelos apoiados no capim.

— Mais vale um relvado no chão do que dois colchões de molas a voar — declara.

— O papai não se arreda daqui.

— E se a igreja parar? — quem fala é a moça grávida.

— Não, minha filha. Eles não sabem que Deus tarda mas não falha — responde a velhota. — Pois está nas Escrituras: pedi, e dar-se-vos-á. Se a igreja recua, é para ver até que ponto irá a nossa fé. A questão é confiar em Deus e caminhar.

— Eu não saio daqui — retorna o moço do relvado. — Não costumo tentar o impossível.

— Nem eu — ajunta o outro rapaz.

— O impossível é a verdadeira substância dos milagres — ensina-lhes a velha. — Caminha e alcançarás.

— Milagre por milagre, eu prefiro um que traga a igreja até aqui — opina um jovem amulatado.

— Puxa, estava exatamente a pensar nisto! — diz-lhe um adolescente, surpreendido. Se a igreja vai, poderá vir...

— Não, não virá — o mulato descrê. — Nem por milagre.

— Gentinha ímpia! — exalta-se a velhota. — No meu tempo, os rapazes...

— Eram umas bestas — assegura o moço dos palavrões.

— Eram — concorda a velha. — Mas nunca davam coices em ninguém.

— É porque tinham um físico delicado — explica o jovem dos músculos, com a devida seriedade.

A velha está a pique de explodir, quando o adolescente dá um pulo.

— Achei!... Já sei como é possível!... — anuncia, alvoroçado. — Faremos sua vontade, amigo — comunica ao mulato. — A igreja virá até aqui. Descobri a maneira de fazer esse milagre.

Acocorando-se num ponto da praça, onde a terra tem uma falha de capim, risca no solo uma reta e corta-a, pelo meio, com uma outra, transversal. Sua voz assume um tom límpido, didático, quando diz:

— Isto é uma cruz, cujos braços têm o mesmo comprimento. Uma das retas que a compõe representa a linha do horizonte; a outra, nossa linha de marcha. No meio delas, na fachada voltada para nós, está a igreja; nós estamos aqui, de frente para ela, na extremidade deste braço.

— Desculpe, moço. Mas seu desenho está errado.

— Errado em que, minha senhora?

— A parte de cima tem de ser menorzinha.

— Ora... Preveni, creio, que esta não era a cruz cristã, com um dos braços mais curto do que os outros. Trata-se de uma cruz grega, cujos braços são democraticamente iguais.

— O senhor disse, eu sei. Mas a cruz verdadeira...

— Não se ajustaria ao que pretendo explicar.

— Pois explique outra coisa.

Com esta a paciência do rapaz chega ao fim.

— Cale a boca, vovó! — ordena ele. — Vá fazer seu crochê em outra parte!...

— Deixe o moço falar!

— Ué, será que estou tapando a boca dele? — espanta-se a velha. — Que fale!

O adolescente volta a dar atenção ao seu desenho.

— Pois bem — continua —, dizia eu que nós estamos aqui, de cara para a igreja, na extremidade deste braço. Vamos supor, agora, que um grupo de pessoas se encontra no outro extremo, oposto a este, e que começa a caminhar para os fundos da matriz. Ao recuar diante delas, a igreja vem em nossa direção, não é verdade?

— Sim, vem — concorda um careca —, desde que haja gente do outro lado.

— Nada mais fácil — garante o adolescente. — Lembre-se de que estamos aqui divididos em dois grupos: um que não deseja reiniciar a caminhada e outro que está disposto a caminhar. Agora bem; se o grupo de andarilhos quiser ir ocupar o outro extremo da linha de marcha, pode ir para lá, em linha reta, sem deslocar a matriz do lugar onde está?

— Claro que não — diz o careca. — A igreja continuaria a recuar.

— Então, imaginemos que eles resolvam fazer um trajeto curvilíneo. Assim, partem desta extremidade da linha de marcha para aquela ponta da linha do horizonte, tendo o cuidado de se manter a mesma distância da matriz a contorná-la. De lá — sempre a rodeá-la equidistantes — caminham para o outro extremo da linha de marcha. Aí, terão descrito um semicírculo em torno da matriz e estarão olhando para os fundos desta, de rosto voltado para cá.

— Perfeito! — comenta um senhor. — Um grupo vai pra lá e o outro fica aqui, sem fazer nada!

— Isso não tem muita importância — observa o capenga. — O pior é que o percurso agora é mais puxado. Eu, com uma perna só, não aguentarei uma estirada dessas.

— E eu? — a jovem grávida aponta o seu ventre. — Aguentarei, no meu estado?!

— Só um doido andaria a fazer curvas! — opina a velhota por seu turno. — Devemos é seguir para a igreja em linha reta.

— Tem razão, minha avó — assenta o jovem dos músculos. — O plano desse moço é inviável.

— Não criticamos o plano: criticamos a distância — diz o capenga, sagazmente. — Eu, tivesse a outra perna, já estaria em marcha.

O rapaz dos palavrões se ergue do gramado.

— A mim, as distâncias não assustam — declara. — Vou pôr o plano em prática.

— Isto, meu bravo!... Assim é que se faz!... — exclama o capenga, eufórico de novo. — Use suas pernas, vamos!... Ponha os pés na estrada!...

Mas o rapaz não lhe dá importância, olha o jovem dos músculos:

— Vou só ou acompanhado?

— Vamos juntos — responde o jovem dos músculos.

Os demais moços aderem logo aos dois. E, daí a um nada, tendo por guia o adolescente, eles já estão marchando por entre as ruínas — seguindo ora em bloco, ora em fila indiana — até sumir ao longe, apressados.

3
A RAZÃO

Der Mensch ist ein Ursachen.
Suchendes Wesen

Lichtenberg

Enquanto a igreja não vem, cada qual enche o tempo de espera a seu modo: as crianças a brincar de esconder e pular carniça; as mulheres a se juntar nos diz-que-diz; e os velhos, como sempre, a trocar impressões sobre o passado e a morte.

De um dos grupos, o capenga me chama com reiterados ei!, ó moço!, psiu! Aproximo-me. Depois de haver se referido elogiosamente a meu pai — o mérito em pessoa, sem dúvida alguma — ele indaga de chofre:

— Por que capturou o louva-a-deus?

— E por que me pergunta? — interrogo, agressivo.

Ele passa a mão no rosto, embaraçado.

— Olhe, não me leve a mal — solicita. — Estava aqui a contar que a demolição começou na sua casa, quando este companheiro me perguntou como lhe dera na telha pegar o bichinho. Então, achei que ninguém poderia explicar melhor qual o motivo...

— A nossa curiosidade não é malévola — ajunta um nariganga.

— Nem benévola, creio... Mas, se estão curiosos, vou lhes dizer por que, embora a razão careça de interesse. Aprisionei o louva-a-deus por causa de uma formiguinha.

— Esta é boa! — o narigudo supõe que pilherio. — Assim, foi tudo por causa de uma formiguinha?

A incredulidade é geral.

— Sim, de uma formiguinha — repito. — Como os senhores não devem ignorar, nossa terra pertence mais às formigas do que aos homens. Somos uns milhões e os formigueiros são bilhões — com milhares e milhares e milhares de formigas.

— Isto de serem numerosas é só um fato aritmético — observa o nariganga desdenhoso.

— Só, aquiesço. — Nada teria acontecido, porém, se elas só fossem numerosas. Nossas formigas, infelizmente, são vorazes. Da mais gigantesca árvore das matas ao mais ínfimo talo de erva dos quintais, nada lhes escapa às mandíbulas. Elas devoram tudo — seja rosa ou repolho, planta útil ou nociva, agreste ou cultivo. Atualmente, dão cabo de mais de um quarto dos vegetais do país.

— Dariam prejuízo maior se fossem do nosso tamanho — opina o homem do nariz. — Aí sim, bonito estrago elas fariam!

— Iludi-se. Em geral, a potência muscular dos insetos progride na razão inversa da estatura, sendo as menores espécies mais providas de força. Mas tenho um argumento bem melhor. O que lhes falta em tamanho sobra em fecundidade. E elas proliferam de tal forma que, se nada lhes vier limitar a reprodução, os nossos vegetais não tardam a desaparecer. Em breve, não haverá mais vegetais aqui.

O nariganga meneia a cabeça em negativa.

— O nosso amigo é francamente do exagero. Caso elas destruíssem tanta coisa, o Estado já teria acabado com todas. Estamos numa democracia — garante aos demais.

Mas um careca franziu a testa, apreensivo.

— O governo, o que faz?

— Governa — afirmo. — Para isto o Governo tem um Ministro da Agricultura e o Ministro tem uma esposa. Por sua vez, o casal tem um filho pequeno, o garotinho tem uma pequena planta, a planta tem uma pequena folha e a folha tem uma pequena formiguinha.

— Já sei! — proclama o capenga, a porejar argúcia. — Chegamos à formiguinha da captura, não?

— Deu no alvo — confirmo. — Pois, ao vê-la, o menino corre a mãe, aos berros; a mulher corre ao marido, aos berros; o marido corre ao Ministério e berra um potente berro de Ministro.

O careca sorri.

— Eu imagino!

— Imagine — consinto, bondoso. — Ao berro, correm todos os auxiliares de Sua Excelência, a encher de movimento os corredores. Correm, escadas acima, os humildes serventes; correm, degraus abaixo, os altos funcionários; correm, a entrar nas salas, os chefões dos chefetes; e os chefes dos chefinhos correm, a sair das salas. E a subir e a descer, correm os elevadores; e a abrir e a fechar, correm as portas de armários; e correm as cortinas, e as portas de vai-e-vem; a correr tudo e todos, em todos os sentidos e todos os lugares.

O narigudo circunvaga o olhar pelos presentes.

— Uma balbúrdia — traduz em seu muito estilo ático.

— Em meio ao corre-corre — prossigo, após haver concordado com um gesto — alguém descobre acidentalmente que há, na repartição, um Departamento Entomológico de Combate aos Insetos Daninhos à Agricultura, isto é, o DECIDA. Localizam-lhe o Diretor num bilhar da cidade. O homem vem na disparada e entra no gabinete do Ministro esbaforido, a ofegar quase tanto a se indignar. Mas que desplante, ufa! Nada menos do que uma formiga na planta de estimação do Excelentíssimo! Perde-se o alento, safa, numa tal emergência! Ou se faz tudo, ou tudo vai à guerra! Mas, há males que vêm para bem. Este lhe propicia a oportunidade de explicar porque o DECIDA ainda nada decidiu. Tem uma verba de parcos bilhões, algumas vinte mil datilógrafas, pouco mais de dezoito mil arquivistas, só cinco mil desenhistas, menos de quatro mil contínuos e dois entomólogos. Para que dê início às suas atividades, urge dobrar-lhe o quadro de servidores e a dotação orçamentária. Ademais, visto que o medo e a cupidez são os dois fatores essenciais na aliança para o progresso de um país, o Excelentíssimo poderá interessar o homem do campo no combate à praga, não só pagando-lhe um tanto por saco de formigas abatidas, como ameaçando-o, no caso de apatia, com a reforma agrária. Estas providências não podem falhar, prova-se de modo insofismável, evidente, indubitável etc. etc. Em suma: curva-se o Ministro ao peso das razões apresentadas e resolve pôr em prática as medidas.

— Então, que lhe dizia? — pergunta o nariganga, vitorioso. — Há razões para alarme?

— Não, não há — admito. — Pois bem; ao ser informado de que seria criada mais uma vaga de entomólogo estatal, não perdi tempo. Desemoldurei o meu diploma, fui à repartição, inscrevi-me na lista de candidatos ao cargo e fiquei à espera de chamado, certo de que seria nomeado e promovido; hoje, a este; amanhã, a posto melhor; sonha que sonha.

— É bom subir — comenta o careca. — Subir é bom, nem que seja subir que nem balão, devido ao gás.

— Bem, eu não ia subir assim à toa — observo. — Porque, modéstia à parte, tenho algumas ideias geniais. E como descobrira um meio de acabar com as formigas

— convertendo-as em seres gigantescos, do tamanho de um homem — ia subir devido ao mérito, é claro.

— Claro, pois o senhor é o tal em matéria de ideias meritórias! — ironiza o narigudo. — Não ignora, creio, que as formigas são relativamente mais fortes do que os homens.

— Não — respondo. — E daí?

— Daí que em lugar de arrancar folhas, elas levariam as árvores nas costas — exibe o que sente à flor da pele.

— Por Gutenberg, que estrago não seria!

Concordo.

— Adeus carreira, hein? — Mas correram os dias, as semanas, os meses... e nada de chamado! Apreensivo, voltei ao ministério e interrompi o labor de um funcionário. Este ergueu os olhos de seu problema de palavras cruzadas e fitou-os em mim, boquiaberto. Caramba, se eu quisesse um lugar de tesoureiro, vá lá, compreenderia! Mas, entomólogo! Porventura ignoro que a criação de formigas é hoje a mais próspera indústria do país, graças à paga ofertada pelo Departamento Econômico de Compra de Insetos Daninhos a Agricultura? Serei, acaso, um comunista para supor que o Estado reduziria a penúria a classe produtora de formigas?

— Sim, já lhe dava adeus, quando o referido funcionário resolveu me informar que o governo compensaria a extinção do quadro de entomólogos agrícolas, criando uma nova cadeira da matéria na Universidade. Assim, como eu tinha o diploma, bastar-me-ia defender uma tese para me converter em catedrático.

De olhos arregalados, o perneta comenta:

— Puxa, o destino trabalha a seu favor!

— Trabalha — confirmo. — Tanto que, por sorte minha, eu podia tirar proveito para a tese de um fato muito curioso observado pelo guri de um vizinho. Certa vez, o menino viera me procurar, todo assombrado. Sim senhor, ele aprisionara um gafanhoto, pusera-o na palma da mão e lhe ordenara que pulasse. Pois até aí nada demais: o inseto saltara, obediente. Mas então, ele lhe arrancara as patas, tornara a colocá-lo na palma da mão e voltara a lhe dar a mesma ordem. Desta vez, não é que o gafanhoto ficara inteiramente imóvel por mais que ele lhe repetisse a ordem, a gritar!

— As crianças são muito imaginosas — observa o nariganga no tom de quem duvida. — Para se fazer de interessante costumam deturpar os fatos.

— Sei. Mas vamos supor que o guri não houvesse alterado nada. Se o inseto ensurdecera ao perder os órgãos locomotores, o fato demonstrava haver uma inequívoca relação entre os órgãos auditivos e as patas. Nesse caso, o senhor concordará, ali estava a ideia para uma tese formidável.

Ele sacode a cabeça a discordar.

— Tinha a ideia, faltava-me apenas repetir a experiência do garoto e comprovar experimentalmente o fato. Faltava-me apenas o gafanhoto. Chamei o filho do vizinho, para auxiliar-me, dirigindo-me com ele ao jardim. Depois de caçar por toda parte, divisei uma mancha verde-clara no verde escuro da folhagem. Apanhei o inseto e mostrei ao garoto. "Aqui está" — disse-lhe, "sabes acaso que espécie de gafanhoto é esta?" O garoto olhou-me surpreendido. "Não é um gafanhoto" — falou ele, "é um louva-a-deus".

4
A OCUPAÇÃO DA MATRIZ

Les péripéties allaient se derouler dans l'enceinte du sanctuaire viole.

Lautréamont

Quando a caravana atinge as portas da matriz, aparece o vigário. Ao saber da pretensão dos seus paroquianos, o bom homem fica bastante preocupado.

— Em verdade, em verdade — lhes diz —, eu teria o sumo dos prazeres em acolhê-los, pois um sacerdote deve se rejubilar com a presença de fiéis, estar sempre disposto a cooperar com eles, a auxiliá-los.

Explica que recebeu uma pastoral diocesana, [e] o bispo requisitara todo o espaço disponível da igreja. Mas, ainda que não lhes possa dar guarida — *dare nemo potest, quod non habet* — deseja contribuir com a solução para o problema do rebanho.

Faz uma pausa à Hitchcock.

— Há uma espaçosa igreja presbiteriana nas proximidades...

A ideia repugna ao perneta.

— Somos católicos — ele diz.

— É impossível dar-lhes abrigo — retorna o cura com firmeza. — Toda lotação do templo está esgotada.

— Tenha pena de nós! — implora a moça grávida, caindo-lhe aos pés. — Pelo amor de Deus, senhor vigário.

— Não se trata de Deus, minha filha — esclarece pacientemente o padre. — Cumpro ordens do bispo.

Em vão, porém, dá-lhes este nobilitante exemplo de acatamento aos superiores eclesiásticos. Se a turba, de início, pediu-lhe asilo com a devida humildade, passa logo a exigi-lo, sob ameaças, estimulada por alguns exaltados. E ao ver que um, dois, três, quatro garotos se abaixam, a procurar e apanhar pedras entre as ruínas, o sacerdote bate em retirada.

Mal o clérigo se afasta, todos se precipitam no interior da igreja — num tropel que estremece os sinos nas alturas e os santos nos altares. Enquanto uns se atiram no rumo da sacristia e outros na direção das escadas do coro, a maioria vai indo a toda a brida para o fundo da nave.

Veloz, um mulato chega ao altar-mor com uma vantagem de alguns sobre os demais parelheiros, deixa tombar o fardo que transporta aos pés e arranca o crucifixo da pedra de ara.

— Este lugar é meu! — grita, a brandir o lenho. — Cheguei aqui primeiro!

Entreparando, os que seguem se dispersam de pronto em novos rumos. Tardio de reflexos, no entanto, um rapazinho não consegue frear a tempo o impulso e se aproxima em demasia do mulato. Pondo-lhe a mão no peito, este ergue o crucifixo.

— Não me fira, senhor! — o rapazinho cravou os olhos na clava improvisada. — Por favor, não me bata!

Empurrado para trás, cai sobre as mãos e começa a recuar, olhos fitos na cruz, de quatro. Sem lhe dar atenção, uma negra robusta passa ao lado dele e vai unir-se no altar ao vencedor da carreira. O mulato sorri-lhe e curva-se para o fardo.

Desentrouxados os utensílios de cozinha, as mulheres se ativam no preparo do almoço e num minuto crepita em toda parte o carvão dos fogareiros. Nesses turíbulos domésticos, a espalhar fagulhas e fumo mais espesso do que incenso, equilibraram-se logo as caçarolas — a banha a estrugir e a exalar um cheiro que se mescla ao das picantes emanações de alho, cebola e outros temperos.

Inesperadamente, por entre esse buquê de odores alimentares, irrompe um som de órgão. E a voz de um barítono — funda, trêmula, grave — vem dominar a igreja.

> Talenu o Kapopolo-makondo
> Kimbanda' é!
> Xilenu o Kapopolo-makondo
> Kimbanda' é

Por causa de imperfeições do instrumento, o organista tem de realizar prodígios de dedilhação, como se fosse um virtuose a se exibir em catedral. Sob os seus dedos, o mar de sons se encrespa em ondas, a chocar entre si, a se empinar, depois tombar, vencidas, para se levantar, ainda a empurrar as notas temperadas e dissonantes, numa luta sem tréguas, até que essas retornam numa enorme vaga e desabam, raivosas, a espumar.

Num vôo místico, outras vozes se elevam até sobrepujar a desafinação do instrumento. Soa-me então o cântico como uma súplica coletiva por algo transcendente.

Ki nu jibe o kapopolo-makondo
Kimbanda' é

Logo, cessada a luta, paira no templo o beatífico silêncio das almas em êxtase — milagre da catarse musical. Ite, missa est — ide, o canto acabou — digo para mim mesmo. Sacudo a mão de longe, num adeus companheiro à jovem grávida e abandono a igreja.

No caminho de volta, ressoa-me ainda nos ouvidos os sons daquele canto cheio de unção celestial, surpreendo-me a solfejar baixinho a melodia daquele idioma estranho como língua clerical. Trauteio-os para meu pai, ao chegar na barraca em que moramos.

— Deve ser um ponto de macumba, em quimbundo — ele aclara. — Muito bonito, aliás.

Os sentimentos de minha mãe não se equiparam ao de sua pacífica apreciação estética. Ouvindo-me, ela se conteve a muito custo, numa falsa bonança.

— São uns ímpios! — troveja afinal. — Deviam ser crucificados!

Os olhos a relampejar, serve-nos de mal modo o almoço, trocando o andante desta faina caseira pelo tempestuoso.

5
DA MÚSICA NO ÚTERO

Woman is like music.

G. Eliot

Por falar em beleza, enquanto eu cantava, pensou que deveria me explicar como esse canto fetichista resulta de toda um elaboração inconsciente de reminiscências da vida fetal. Porque, é bom que eu saiba, a música, como as demais artes, tem sua origem no útero. Lá é o lugar onde aprendemos a distinguir os sons pelas suas características, fato que passará a demonstrar.

Antes, julga necessário esclarecer que a audição musical não se aprimora com o estudo, ao contrário do que opinam os sagazes professores de solfejo. Ela se aperfeiçoa no decorrer da existência uterina. Na falta de outro argumento, defenderia esta tese apoiado na seguinte razão: por meio do estudo, obtém-se apenas um conhecimento nominal da música, pelo menos quanto aos seus rudimentos.

No útero, os sons das ventosidades, que lhe percorrem do piloro ao reto os oito metros de intestino, vão ressoar nas membranas basilares do feto. Este armazena no inconsciente essas rudimentares impressões sonoras, todo curvado para diante, com o queixo apoiado no peito e de olhos fechados — na atitude de um perfeito melômano.

Ora, nem mesmo um ouvinte de Bach poderia manter por muito tempo essa posição sem se fatigar. Cansado, o feto procura desentorpecer os músculos: dá pontapés, se remexe, se estira. Por seu lado, os músculos da matriz se contraem e oprimem a criaturinha, tanto mais fortemente quanto mais pronunciado seja o esforço desta para sair da atitude de reflexão. Toda esta agitação, como devo compreender, repercute nas entranhas da fêmea e redunda num maior rendimento musical dessa fonte de sons.

Assim, desde nossa nebulosa existência uterina, condicionamos à percepção de sons duas impressões de ordem oposta: uma de pressão forçada, relacionada com os sons débeis e os ritmos tardos; outra de expansão voluntária, relacionada com os sons fortes e os ritmos vivos. Estas formas contrárias de percepção sonora, contíguas às sensações de bem-estar e mal-estar que o feto associa as suas opostas posições corpóreas, irão servir mais tarde para a expressão antagônica do belo musical.

Todo homem tem a nostalgia do útero no momento de angústia, e não posso negar que tudo que ele expôs até agora se adapta aos fatos observados por mim. Ao entrar na igreja, o capenga e seus amigos manifestaram regozijo de fetos que se encontram na matriz.

6
A EXPULSÃO DOS INVASORES DA IGREJA

Nos dias posteriores à demolição da cidade pelo louva-a-deus, um bando de sem-teto resolveu ir se asilar na igreja matriz de nosso bairro. Homens, mulheres e crianças se encaminhavam para lá, a pé, transportando os salvados dos escombros de seus lares — fardo de roupa, caixotes com panelas, mantimentos, brinquedos etc.

Antes que o exemplo frutifique, o clero pede auxílio às Forças Armadas. Exército, Aeronáutica e Marinha atendem ao apelo, antecipando a chamada de conscritos e abrindo o voluntariado. Os recrutas recebem um preparo físico excepcional, além de aulas teóricas acerca da nobre missão que irão cumprir. Aplicar-se-lhes-á desde a vacina antirrábica até a antietílica. Cada um receberá sabonete, toalha, pente, pasta e escova de dente com um folheto em que se explicam o mistério e a necessidade do uso de caráter exclusivamente pessoal etc.

Seja dito de passagem que o acidente tem o mérito de solucionar um velho conflito entre as secretarias de Guerra e da Fazenda. O Ministro da Guerra sempre propugnou uma série de despesas que o seu colega da Fazenda nunca calou serem absolutamente ociosas e dispensáveis. É claro que os deveres dum bom Ministro da Guerra, como um especialista na sua função, se opõem aos deveres profissionais dum bom Ministro das Finanças. O ideal deste é economizar, para evitar as emissões inflacionárias; o ideal daquele é de dar às armas todo brilho necessário, sem medir as despesas com o tacanho espírito de poupança. Nesta emergência, porém, o secretário das finanças compreendeu que deve gastar até o último centavo do erário, para salvar o resto, abrir um crédito sem limite para a compra de porta-aviões, submarinos atômicos etc.

Graças a esse patriótico gesto, patrulhas das três armas iniciaram uma operação de limpeza. Cem regimentos de carros de combate avançam do subúrbio para o centro; bombardeiros e caças sobrevoam o litoral para garantir o desembarque da tropa da marinha. Canhões são camuflados nas ruínas. Homens fardados, equipados de bazucas, lança-chamas e metralhadoras, vasculham os escombros; todos os buracos se transformam em ninho de morteiros; enquanto o grosso da tropa se coloca em posição de combate. Um boletim do Alto Comando esclarece: "O moral da soldadesca é excelente" — disposto cada bravo a verter o sangue em defesa dos santos lugares.

Presos os invasores da matriz, ficou provado tratar-se de perigosos agitadores. Testemunhas insuspeitas declaram — sob juramento — ter ouvido dizer que eles pensavam em reivindicar melhoria de salário devido à constante majoração dos preços dos gêneros de primeira necessidade.

De acordo com as nossas leis, a justiça deve ser rápida e barata. Sem gasto de um centavo e em pouco menos de quinze minutos, conclui-se que os invasores da igreja são perigosos extremistas. Os próprios réus se acusam ao recorrer à velha e desmobilizada tática de negar que sejam extremistas. Fica provado, de sobejo, que vão além dos mais temíveis marginais. Os invasores entregam-se sem que as forças armadas dessem um único tiro. A jovem grávida, por exemplo, é mãe solteira: seduziu um rapazola de vinte e oito primaveras, filho de patrão. O aleijado perdeu a perna num desastre de trem, sem dúvida com o fito de receber polpuda indenização. Entretanto, após converter a pena de morte lenta a que foram condenados os menores de dezoito anos na de fuzilamento, o governo estende sua magnanimidade à jovem grávida e ao perneta: são condenados à prisão perpétua com trabalhos forçados.

O ESTOFO DOS SONHOS*

Such stuff as dreams are made on.

Shakespeare

Eu queria pôr minha capacidade de lembrar à prova. Assim, não descerrei de todo a porta, ao entrar na casa em que vivera dias inolvidáveis. Guiada pela memória, caminhei às cegas no escuro, passo a passo. Após ter dado alguns, certa de estar no ponto justo, ergui o braço e a mão tocou em madeira. Satisfeita por haver localizado a janela, girei-lhe o trinco e empurrei-lhe as duas bandas, abrindo-as de par em par. Então, a claridade da tarde invadiu o aposento e tomou posse das coisas, iluminando parte do meu passado.

Exceto a falta do retrato dela na parede fronteira — retirado dali porque me amedrontara — a sala continuava a ser aquela onde eu chegara ferida, fazia seis anos. Lá estavam o sofá, em cima do qual fora medicada; o relógio de pêndulo, parado à meia-noite ou ao meio-dia de só

---

*Este conto aparece em outros rascunhos com os nomes de "O velório do esteio" e, também, "O espaço dos sonhos". (*N. da Org.*)

Deus sabe que data; e o calendário de folhas destacáveis, marcando o dia de minha partida: quatro de outubro de mil novecentos e setenta e oito. Não, a permanência do passado não estava em sincronismo com o relógio ou a data do calendário. Eu não era um ponteiro a esperar que o giro da Terra coincidisse com a hora ou uma flor a depender da primavera para desabrochar. Virei-me e olhei para fora. No jardim, diante da janela, as dálias daquela época refloriam nas dálias do presente; a montanha se erguia nos seus longes, a exibir os mesmos tons de verde; e o arroio serpeava entre as pedras, como sempre, à esquerda do quadro. Os nossos sentimentos não desabrocham ou murcham num período certo, como as dálias. Eu entrava ali na primavera do ano e da vida, mas os teria vivido da mesma maneira se chegasse no outono ou no inverno. No interior e no exterior da moradia, felizmente, nada havia mudado.

O local parecia ser mais fiel aos dias idos do que eu mesma. Durante os seis anos, dos quinze aos vinte um de idade, o tempo labutara no meu corpo. Eu tinha agora maior estatura, e o volume das já outrora generosas carnes das ancas, das coxas e do busto, aumentara. Mas, apesar da alteração orgânica, ainda evocava melhor que o local as imagens do passado. Fiel devota dele, olhava as dálias vivas e via as antigas, inexistentes na atualidade.

Esse culto, ao que se fora, levara-me a escrever uma biografia imaginária, pois nada represento aos olhos dos demais. Como qualquer comparsa, tinha sorrido aqui, chorado ali e permanecido indiferente acolá. O fato de haver desempenhado bem o meu papel no drama era insuficiente para me destacar no palco. Além disso, o passado nunca é restituído de modo fidedigno ao ser contado. Os acontecimentos menos gratos ficam perdidos ou surgem melhorados na memória, a ocultar as impurezas de que somos feitos. Ficção por ficção, julguei ser preferível biografar-me num romance do que romancear minha biografia inconscientemente. Pondo mãos à tarefa, em poucas semanas concluíra o livro.

Morava e moro no apartamento de um casal amigo, seja dito, onde ocupo um quarto com a jovem Maria Antônia, sobrinha de ambos. Quando acabei de escrever, a madrugada estava perto e eu fatigada. Larguei a esferográfica e lá fui para o leito, levando o manuscrito. Deitada, reli algumas páginas, em busca de uma situação do enredo que me desse a ideia do título. Queria algo que definisse o tema e a personagem. Como eu gosto de flores e a ação transcorria na primavera, achei que o título mais sugestivo seria *A sempre-viva*. Se não me ocorresse um melhor, este seria o definitivo, pois se enquadrava bem com o caráter da heroína: nada ensimesmada e nem nostálgica. O cansaço levou-me a deixar para depois a busca.

Pus os papéis sobre a mesa-de-cabeceira, encolhi-me sobre a boa quentura da coberta e adormeci.

Os sonhos podem ser equiparados à assimilação dos fatos e os pesadelos, à má digestão. Em pleno estado onírico, lá ia eu a galgar uma ladeira na direção de um casebre, nua e suada. Operários demoliam-lhe as paredes, a golpes de picareta. Quando cheguei no alto, largaram as ferramentas e começaram a apalpar meu corpo com as mãos poeirentas. Em pouco, por causa do contato da poeira com o suor, eu era pura lama. De súbito, eles se puseram de joelhos. Em meio dos escombros, numa parede intacta, eles penduraram um retrato assustador de mulher que pranteava uma viga, caída e rodeada por quatro velas acesas. Era o velório do esteio que sustentara o teto do casebre, percebi. Ia orar por ele, quando um dedo imundo se projetou do retrato para mim. "Vá embora, mulher da vida", ordenou. "Eu era o único amor dele [do casebre] e você o matou". Curioso, mesmo em sonhos, quando vemos que o dedo acusador que nos apontam está sujo, temos a estranha sensação de sermos limpos. Altiva, disse-lhe algo de muito importante que não consigo agora lembrar. Ela avançou, agarrou-me os dois braços, sacudiu-me e mandou que eu acordasse.

CREPUSCULAR

Je suis l'espace où je suis.

Nöel Arnaud

Naquele entardecer, cá do alto do apartamento onde moro, vi as luzes do dia irem se apagando aos poucos na paisagem. Meu olhar percorreu os contornos da praia, demorou-se enamorado na contemplação do mar e deteve-se, por fim, no imponente cinza das montanhas que delimitam ao longe a enseada.

Lá estavam elas, quando os homens da cultura não letrada eram uma parte natural do quadro. Então, naus do Ocidente deitaram âncoras nas águas e os que desembarcam, após haver destruído as malocas dos nativos, ergueram no local suas moradas. Não obstante elas fossem bem sólidas, como todas as casas que pretendem durar, os descendentes dos marujos logo as substituíram pela maravilha dos sobradões coloniais. Constituiu tarefa das gerações posteriores, demoli-las para que cedessem espaço a requintados palacetes, onde a aristocracia do café se ostentaria no luxo dos saraus. Sobre os alicerces desse fausto, os meus contemporâneos empilharam então os pavimentos dos atuais edifícios de concreto. Mas, no dia em que estes por seu turno aluíssem, cumprindo o fado das obras humanas, lá estariam ainda as montanhas — testemunha de toda essa instabilidade.

Sim, ao vê-las da janela, eu não tive apenas consciência do pouco que representava a minha pobre época, em função do futuro, como se fez patente a meu espírito o fato de que todas as outras só tiveram um valor relativo e se encontraram sempre num perene estado de mudança.

Sem dúvida, essa alteração também se processava em mim, embora a sua marcha fosse gradativa e desse a ilusória sensação do estável. Eu retinha por certo na memória a imagem do velho palacete que o herdeiro de um barão arruinado convertera em cortiço. Lá dentro, num dos quartos, a revolta do garoto que via sua mãe a costurar até de madrugada, em troca de alguns níqueis — era por certo a minha. Mas, se tudo se move e se transforma, teria eu outrora os mesmos sentimentos? Meninos cuidam de coisas pueris, ensinou o *pueri puerilia tractant* dos latinos. Caso a indignação fosse igual à de agora, quando vejo a exploração do homem pelo homem, eu seria uma criança sem infância, a sofrer com a iniquidade do sistema.

Ao observar de longe um prédio acabado, ignoramos de que maneira o construíram. Para saber, careceríamos de ter seguido a obra e ter visto como é que o pedreiro fez subir as paredes e os andares. Esse espetáculo mesmo, infelizmente, nada revelaria acerca dos fundamentos: daria apenas alguns dados para que instituíssemos sobre o fato uma hipótese verossímil. Pois bem, quando a gente se observa, na idade em que acredita que a análise do próprio ego é possível, somos esse prédio, cujas bases jazem ocultas, a fachada está pronta e os andaimes e escoras já foram retirados. O que verificamos é que um obreiro permanece, atarefado em reparar aqui e ali um ou outro estrago. Mas esse operário da conserva, seremos obrigados a admitir, talvez não seja mais aquele que labutou nos alicerces.

— Não adianta — murmurei. — Envelheci.

— Concordo — disse alguém atrás de mim. Voltei-me e deparei com minha esposa, a pouco mais de um passo. Ela sorria, divertida talvez por me surpreender monologando em alta voz. Depois, colocou-se na janela a meu lado e afagou-me a cabeça. — Os teus cabelos estão ficando grisalhos.

— Sim, estão. E as ideias também — informei. Olha, essa enseada de Botafogo é mesmo muito linda. Pois em lugar de admirá-la, lá fui eu para o cenário interior. Vi então minha mãe a correr no trabalho, pedalando em sua máquina de costura, no vão intento de equilibrar com poucos ganhos, muitos gastos.

— Freud diria que as mães são sempre heroínas, principalmente as dos letrados. Como escritor, porém, você sublima mal os seus complexos. Correr, pedalar, equilibrar... Se eu não conhecesse tua velha, veria ela em forma de ciclista.

— Tens razão. A velha era...

O GALANTE DO JACARÉ

A coisa toda começou quando ele disse que morava em cima do Jacaré.

Estava estirado à sombra da máquina, fazendo o descanso do almoço. O dia estava tão quente que o ar piscava em volta das coisas, e Hermenegildo também piscava, enquanto seus pensamentos, sonolentos e pequenos, buliam com ele como bolhas redondinhas de água fervendo. A plataforma da estação estava longe, mas a gente ouvia bem a conversa das duas professoras.

— Vou mudar-me para a Tijuca — dissera uma delas.

Foi quando Hermenegildo disse consigo mesmo que morava em cima do Jacaré. Sua casa era toda de tijolo e tinha uma boa vista: sobre a avenida, a estação ficava no fundo, e todos os quintais do mundo abriam-se aos seus olhos.

Hermenegildo arrancou um fio de grama entre os dormentes, e pôs-se a mastigá-lo, preguiçoso. Gostava de olhar os quintais vizinhos, onde as pequenas andavam e mexiam. Não fosse Estela que olhava feio, e ficaria toda a manhã de domingo apreciando aquilo: as pequenas pondo roupa a secar (quando era roupa de mulher, então!) ou tirando a criançada do pinico, ou ainda conversando, enquanto às vezes se coçavam distraidamente. Tudo isso ele podia observar justamente porque sua casa ficava no começo do Morro do Jacaré.

Mas Estela não dormia no ponto e era só ele encostar no pé da mangueira fazendo como se olhasse para longe, que ela inventava logo de chamá-lo para qualquer arrumação na casa. Era uma tábua de mesa que estava caindo; outra vez, alguma tábua solta da janela, o Tonico fazendo reinação.

Hermenegildo tinha muito orgulho do Tonico. Tirou a carteira onde levava sua fotografia, e olhou. Safado como que, pensou ele do filho, com um sorriso que mais tinha de sério que de alegria.

Mas voltou à realidade com a passagem, adiante, do trem que ia levando as professoras.

A realidade era aquela: os trilhos da Central correndo entre D. Pedro e Madureira, sobre uns dormentes muito duros e todos iguais. Os trilhos brancos de sol, o salário de notas secas e moles feito mulher gasta, daquelas com que Hermenegildo, muitas vezes, matava sua vontade de ter cadillaque em Copacabana.

Ele sempre tivera grandes aspirações. A sua mãe costumava dizer às vizinhas que ele ainda acabaria vivendo na Capital, fazendo da vida uma coisa decente. Ela própria era do Rio de Janeiro, mas coisa vai, coisa vem, acabara naquele fim de mundo, onde Hermenegildo se criou em relativa paz, sonhando com as coisas que ela contava do longe.

Até que um dia, ao longe se fez, convocado para o exército, em fins de 1944. Levaram-no para perto do Rio de Janeiro. Uma sorte achou ele, e sua mãe orgulhosa disse que era o destino.

Depois, não foi pouca sua odisseia: fazendo isto, fazendo aquilo, fazendo aquiloutro, foi até ao Porto de Santos onde por um ano tentou a vida sem conseguir grande coisa, veio para o Rio pela segunda vez, recebeu notícia da morte da velha, os irmãos estavam espalhados pelo Estado, aceitou o conselho de um amigo e entrou para a Central onde acabou maquinista, um ano mais tarde. Conheceu Estela na festa da Penha, ela foi entrando na sua vida aos poucos e ficando. No fim casaram-se, e veio Tonico. Estela era boa companheira para a vida, mas os sonhos de Hermenegildo continuaram solteiros e quentes como no tempo de menino, quando ia fazer coisas no fundo do quintal, para as pretas verem do outro lado do rio.

Embora sempre tivesse tido uma certa queda para o assunto, foi na capital que Hermenegildo completou a sua educação amorosa, nas casas de mulheres e nos botequins da Lapa. Lá ouvira histórias de quem já tivera dias melhores, já fora corista em Guarujá e mesmo figurante da Atlântida num velho filme do Oscarito. Se outros não acreditassem, Hermenegildo indignava-se:

— Não vê que ela tem um jeito de quem era bem-tratada...

— E a mulher, bêbeda, confirmava em fala pesada:

— É claro, naquele tempo eu tinha outra apresentação...

— Se Hermenegildo foi mau aluno nas aulas de Geografia da escola primária, muito ouvido deu, porém, às histórias dos marinheiros, navegados pela costa do Brasil. Na guerra já havia encontrado os americanos e aprendera a arranhar um "hélo beibi", mas isso nas primeiras semanas, antes de descobrir que não valia a pena imitá-los, que deles as pequenas cobravam alto e ainda os tratavam mal. Sem falar do olhar dos companheiros, que muitas vezes os seguia com quietura de navalha escondida na manga da camisa. Hermenegildo era de boa paz, talvez mesmo um pouco medroso e não o negava. Mas tirou-se de muita situação difícil com algumas palavras feitas para rir.

Uma vez, durante a guerra, quando um americano grandalhão e sardento estava bancando o engraçadinho com a Maria José, empregada no Flórida Bar, e que era, como todos sabiam, mulher de Vanjico, o mais conhecido comerciante do cais, Hermenegildo explicara ao forasteiro que aquela distinta senhorita era nada mais, nada menos, que sobrinha do presidente da República. "Democrátique pipel", repetiu Hermenegildo muitas vezes, para dar peso às suas palavras. O americano discutiu, deu risada, mas acabou na dúvida e, por isso mesmo, afastou-se. No Flórida Bar, ficou apenas o divertimento dos demais, e o sorriso bonito de Maria José.

— Ai, se eu me chamasse Vanjico! — murmurou Hermenegildo ainda, antes de fugir, por sua vez, daquele olhar que mesmo quando se irritava continuava doce feito maracujá maduro no fundo do copo.

— Se eu me chamasse Vanjico, beleza, você me chamava de meu bem...

O fio de grama estava todo mastigado. Hermenegildo lembrava-se muito bem daquela pequena do outro mundo. O sol, tórrido, continuava piscando sobre o telhado da estação. Logo mais era hora de pegar no trabalho outra vez, Hermenegildo estava cochilando. E era quando costumava sonhar, de noite dormia-se, não havia tempo. Além disso, havia Estela, muito perto. Mas na hora do almoço, durante a digestão fácil e rápida da comida tão pouca, dava aquela preguiça gostosa como cafuné, feita para sonhar.

Assim, passavam os dias. Às vezes, Hermenegildo sentia uma espécie de silêncio engraçado dentro de si. Desde que se casara, e recebera um aumento na Central, e tacitamente resolvera continuar naquele emprego com que sustentava a família, abandonando de vez a peregrinação profissional que antes lhe movimentara a vida, as coisas estavam diferentes. Olhando para trás, Hermenegildo dizia-se que já fora um boêmio. Que a vida de casado era melhor, sossegada e segura. Que a boemia era para os moços, e nem sempre acabava bem. Eram conceitos pacatos que lhe serviam de acalanto à falta que sentia da paixão que Estela lhe acendera, no começo, e que agora estava esmorecida.

— As paixões da gente — explicou ele com ar de entendido, ao seu auxiliar, certa tarde quando estavam esperando pelo trem — são uma coisa muito especial. É coisa de idade, está me compreendendo? Com o tempo, a gente vai conhecendo a vida, vêm os filhos, responsabilidades, a gente fica velho...

Foi quando ela passou. Ia elegante, desembaraçada, bem-posta. Tinha um jeito de distância e educação fina.

— Que boa! — murmurou o auxiliar.

Hermenegildo nada disse. Ficou só olhando.

— Garanto que francesa — disse Hermenegildo.

— Deve de ser.

O trem chegou, e ela desapareceu por uma das portas. Os dois continuaram olhando.

Quase perderam seu trem, que estava encostando do outro lado da plataforma. Era hora de pouca gente, sentaram-se e o auxiliar falou de mulheres. Hermenegildo sentiu, de repente, que aquelas histórias de sempre eram muito pobres. Uma mulher como aquela francesa, isso sim! E seus olhos, judiados pelo correr dos trilhos, perderam-se em imaginações.

Foi o segundo passo em direção àquele mundo imaginário, que se lhe descortinara quando ele pensou que morava em cima do Jacaré.

A primeira pessoa, a quem tentou expor-se, foi Estela. Chegou em casa e mostrou-se pensativo. Ela não percebeu. Deitou-se na cama e ficou muito quieto.

— Não vai dormir? — perguntou Estela.

— Nada.

— Vai dormir não? — perguntou Estela.

Sempre pensativo, ele respondeu que queria fumar um cigarro.

— Então fuma, ué!

Era difícil. No meio das baforadas, finalmente, ele disse:

— A Gini morreu.

— Hein?!

— A Gini morreu.

Estela soergueu-se e fitou o marido.

— Quem é essa, Gildo?

— Uma pequena minha, do tempo de solteiro — murmurou ele, sempre fumando.

Estela ficou sem fala. Espantou-se tanto — era a primeira vez que tal conversa aparecia, desde o seu casamento, era a primeira vez que Hermenegildo fumava na cama com aqueles olhos esquisitos vendo reminiscências, era a primeira vez; enfim, em toda a vida! — que não quis saber de mais nada, apagou a luz e, virando-se para o outro lado, adormeceu.

Hermenegildo ficou desapontado. Queria contar a história de Gini. Aquele dia, lera no jornal da sua morte. Uma coisa que devia ter sido mais ou menos assim:

"Morreu a célebre bailarina francesa..."

Riscou "célebre". Gini era uma das moças do show, do Grande Cassino de Guarujá, em Santos. Então, não podia ser tão célebre. Mas dava para sair no jornal, isso dava. E donzela também era. Donzela, e sua pequena! E queria que se fizesse tudo diferente. Foi quando ele trabalhava no Cassino, de garçom. Estela nem sabia disso — e não queria ouvir, estava dormindo!

Acordou-a.

— Que é que há? — exclamou ela.

— Nada, nada.

Estela voltou-se para seu lado. Ele desistiu da história, por aquela noite.

Mas, no outro dia, foi a própria Estela que voltou ao assunto, perguntando-lhe, com uma vozinha diferente, quem fora aquela Gini que morreu?

Hermenegildo contou um caso comprido, complicado, inverossímil. Fez de Gini uma combinação rara de virtude e perversão. Estela ficou impressionada. Achou escandaloso.

— Muita moça donzela é assim — explicou Hermenegildo, tolerância na fala.

Estela calou-se. Achou o marido interessante, vivido. Ele percebeu e aproveitou-se. Estela ficou toda derretida.

Assim, dando certo a primeira experiência, Hermenegildo foi aperfeiçoando sua técnica de sedução.

Vultos efêmeros, fascinantes e românticos surgiram na sua memória. Era Gini, a dançarina. Era a jovem Margarida, desprezada pelo noivo, infeliz, que resolveu matar-se com cachaça. Encheu o irrigador, deitou-se na banheira seca, foi chupando o tubinho, até dormir. Hermenegildo tentara consolá-la, mas não — Margarida morreu mesmo, de doença do fígado. E depois, a viúva do comerciante, já quarentona, mas muito bonita, e muito esperta no amor. Como fora difícil livrar-se daquela!

Eram qualidades românticas que Estela, antes, desconhecera no marido. Acabou ficando tão orgulhosa, que não conseguiu guardar a discrição que ele sempre invocava. Contou à vizinha, que se escandalizou demais. Pouco depois, quando Hermenegildo descia para o trabalho, havia gente espiando atrás dele. Estava feito o seu cartaz.

Hermenegildo passou a viver contente. Sentia-se na consciência do mundo, como samba recente. Além disso, já se aproximava o carnaval. O trabalho era tanto que nem permitia o descanso do almoço. E Estela estava grávida. A morena Rutinha do alto do morro, que só fazia ponto na Praça Tiradentes, veio ter com ele numa casa em Mangueira. E, além do mais, também falou do carnaval de anos passados. Nos dias que se seguiram, enquanto fitava os trilhos que voavam ao seu encontro, Hermenegildo resolveu, em segredo, como quem não confia sequer em si mesmo, que iria cair na farra. Diria simplesmente, no sábado de manhã:

— Estela, vou trabalhar até meia noite, que azar.

Começou subindo a avenida, sentindo a alma colorida como os postes da iluminação, retratando-se nos dentes à mostra das mulatas risonhas, os braços erguidos ao céu apalpando a carne da multidão. Saiu de um cordão, bolinou uma baiana, entrou noutro, cantou, pulou, esqueceu-se dos quartéis, das oficinas, dos trens da Central, das tábuas soltas da casa, dos tijolos imaginários, perdeu a memória quando aquela morena, muito parecida com Maria José, que não era Maria José, e que lhe sorria no meio do seu abraço aberto ao mundo, deu-lhe uma piscadela de olhos e um empurrão; nem viu a francesa, as francesas paradas na calçada, olhando expectantes, provocantes, era Carnaval, e-ra Car-naval, e-ra car-naval, car naval, car-naval, car-naval, car-naval...

Foi Carnaval durante três dias.

Depois, Hermenegildo pôs-se a voltar, cansado, bêbedo, a cabeça zunindo das visões recentes, o corpo embotado, o coração pisado feito confete na sarjeta.

A lua estava morrendo na cinza da quarta-feira, o Jacaré adormecido mal respirava, Hermenegildo era dos últimos. O morro esbranquiçado estava duro de subir, escorregadio, uma cruz, um calvário. Hermenegildo tropeçou. Levantou-se, enxugou o rosto com as mãos sujas de terra. Os dedos deixaram sulcos negros na sua testa. Hermenegildo gemeu baixinho. Lá em cima, à porta da sua casa, estaria Estela, esperando. Tropeçou pela segunda vez, chamou o morro de filho-da-puta, levantou-se. E não só Estela, na porta da casa. Também Gini, a bailarina. Também Zeilá, a síria. Também Margarida, embriagada, Rutinha, Maria José, e muitas outras. Todas elas. Todo mundo.

Sentiu-se incapaz de tomar conta daquela mulherada toda. Estava muito cansado. Mulher demais, pensou Hermenegildo. Antes da casa, junto ao caminho, abrigo e remédio contra essa vida que estava amargando de dor de cabeça, havia a mangueira. Hermenegildo abraçou-se ao velho tronco, deixou-se escorregar até ao chão. Espirrou uma vez e depois dormiu, dormiu, dormiu profundamente.

Rio de Janeiro, outubro de 1953

O MENSAGEIRO DA NOITE

Retardou cada vez mais os passos, ao ir se aproximando da esquina. Nem uma luz! Daquele trecho em diante, só havia mesmo o negrume da noite, uma escuridão, como ele nunca vira igual, a ocultar completamente o quarteirão seguinte. Ao chegar na esquina, numa marcha ainda mais lenta, parou sem coragem de prosseguir. Mas logo reagiu, envergonhado. Pavor do escuro é desculpável em crianças; ele já completara os treze anos e não ia bancar o garotinho. Decidido a vencer aquele receio pueril, ensaiou dar um passo e ficou "medusado", o coração aos pulos; sem a menor ajuda dos sentidos, percebera nas trevas a presença de algo expectante. A iludir aquilo, deu um tapa na testa e meneou a cabeça, simulando contrariedade."Esqueci", disse bem alto para que a coisa ouvisse. "Tenho de ir buscar." Então, iniciou o percurso de volta a caminhar ligeiro, apertando o andar passo após passo, até correr na rapidez do medo.

Chegar ao café, profusamente iluminado, foi um alívio. O garçom que lhe ensinara há pouco onde ficava situada a rua, sorriu ao vê-lo de regresso.

— Já?

Podia inventar que retornara ao ver de longe uns vultos suspeitos. Nada mais verossímil. A imprensa dava manchetes diárias de assaltos em bairros pouco iluminados como aquele. Mentira por mentira, preferiu a que não o faria tomar por covarde.

— Já.

O sorriso do outro se ampliou, compreensivo.

— Hoje vocês se ativam. Muito serviço, hein?

— Muito.

Sentou-se a uma das mesas, irritado ao recordar a pilha de mensagens que entregara. Nada de importante: todas a desejar Feliz Natal, apenas. E só por isso ficara sem jantar até aquela hora.

— Me dá uma média.

— Pão com manteiga?

O dinheiro não dava.

— Só quero o café.

Logo que o outro se afastou, tirou dos bolsos o telegrama e um lápis. O recurso era aquele: assinar pelo destinatário. Segurou o lápis entre o indicador e o médio para mudar a caligrafia, pois o chefe de estafetas era desconfiado, já fora mensageiro. Firmado o recibo, destacou-o da mensagem e ficou a revirá-la entre os dedos. Que iria fazer com ela? A única solução era rasgá-la, não havia outro jeito. Ia destruí-la, quando notou que o garçom vinha de volta e enfiou-a no bolso. Fá-la-ia em pedaços, aos sair do café.

O homem confidenciou, após servi-lo.

— É horrível trabalhar no subúrbio, uma noite como esta. Os bares lá do centro, a esta hora, devem estar apinhados de fregueses. Aqui os chefes de família bebem o seu vinho em casa. E a noite de Natal fica uma noite triste à beça.

Anuiu mudamente, num aceno de mera polidez. Não estava disposto a estimular conversas.

— A sua profissão é que é interessante — continuou o outro, num tom de melancólica inveja. — Ser portador de mensagens.

Calado, ele bebia o líquido em sorvos curtos. Tomado o último gole, pôs sobre a mesa o dinheiro da despesa.

— O troco é seu — falou ao erguer-se. — Boa noite.

— Feliz Natal — desejou-lhe ainda o tagarela.

Na rua, procurou com os olhos um bueiro. Era preciso desfazer-se da mensagem, não se sentia seguro com ela no bolso. Tirou-a e ao rasgá-la em pedaços, uma palavra revelou-se. Era uma palavra que eles, estafetas, denominavam de tabela baixa. Uma palavrinha de poucas letras e custo bem módico: morto. Então, não era uma mensagem de Natal! Acabou de abrir os pedaços rasgados e uniu-os. Cumprimos doloroso dever comunicar nada mais foi possível ponto estava morto vírgula desde...

Os sentimentos do estafeta dados através da mímica. Remorso de não haver entregue a mensagem e, ao mesmo tempo, para justificar-se a ideia de que afinal não tirou ao destinatário a alegria da noite. Tem ainda um telegrama para entregar.

Reconfortado, a esta ideia, encaminha-se para lá. Abre-lhe a porta uma mocinha.

— Telegrama, mamãe — ela grita para dentro, com a voz que ele esperava ouvir. Uma voz alegre que antecipa a mensagem de festas. — Pra senhora, vovó!

Uma senhora de idade aparece. Ele lhe estende o telegrama e o lápis.

— Ah, tenho que assinar, não? — Ela sorri, um riso que reconforta. — Veja meus óculos, Cacilda.

Enquanto a moça vai buscar o que pediu, ela o analisa.

— Quer uma rabanada, nozes?

— Não, senhora. Obrigado.

— Entristece-me ver... Vai trabalhar a noite toda?

— Não. Largo às onze. A tempo de cear com minha mãe.

— Ainda bem — ela diz. — Eu detestaria ficar pensando que havia um jovem solitário numa noite como esta.

A mocinha retorna.

— Cadê os óculos, Cacilda? O moço tem pressa.

— O telegrama, vovó... O telegrama anuncia a morte da Ivone.

A velha leva uma das mãos ao coração e ele espera um grito. Espera que ela o expulse, como um mensageiro das más novas. Mas só vê e retorna.

Chega pálido à agência e o chefe indaga o que aconteceu. Conta-lhe. Logo hoje? Como se gente devesse morrer em data certa. Dá-lhe um monte de telegramas. Todos anunciam morte. Eu sou o mensageiro da noite, das trevas — pensa.

UM AUTOR MALDITO. OU O JOYCE DO MANGUE?*
Maria Amélia Mello

ANTÔNIO FRAGA SOFREU 33 ANOS DE INGRATIDÃO

Em plena Guerra Mundial, numa casa da rua São Pedro, esquina com a avenida Passos, no coração do Rio, um bebê só conseguia dormir depois que sua mãe, deixando de lado as canções de ninar tradicionais, entoava a *Internacional*. Esta é uma das muitas histórias na vida do escritor Antônio Fraga. Escritor? Possivelmente o leitor estará vasculhando os escuros da memória em busca de alguma referência que situe tal autor ou, pelo menos, encaixe o seu nome em qualquer geração, ou o aprisione numa moldura de datas, para não deixá-lo à margem de nossa história literária. Mas ele está.

IstoÉ, Ano 2, número 93, 04/10/1978.

É compreensível, embora lastimável, que as novas gerações jamais tenham ouvido falar do livro *Desabrigo*, lançado em 1945, pela meteórica editora Macunaíma. Imagine escrever um livro sobre o Mangue, dando voz a seus personagens e mitos, trazendo para a literatura o mau comportamento e a linguagem pouco aparada, sem rodeios e impregnada de gírias, daquela gente. Um livro que denunciasse aquele mundo de dentro para fora, rico em situações e marcado pela violência, sem se preocupar com os puristas de estilo, numa época de acentuada repressão e beletrismo. Apesar de tudo, Fraga jogou na rua, ao relento, o seu *Desabrigo*. Uma segunda edição teria de esperar 33 anos: veio à luz há poucas semanas, pela modestíssima Edições Mundo Livre, sem distribuição em livrarias, e tendo como consolo apenas o prefácio do compositor Paulo César Pinheiro.

FORA DO CIRCUITO

Hoje, como ontem, Fraga não recebeu da crítica senão um significativo silêncio. Em 1945, a exceção foi Oswald de Andrade, que chamou o livro de "folhetinho" e anunciou: "Você tem autonomia de vôo, menino". *Persona non grata* nos circuitos da inteligências bem-comportada, incendiário, gozador, irreverente, contraditório, anárquico, malcriado e humano, Fraga continua sendo, aos 62 anos, uma figura desconcertante. Não frequenta e nunca frequentou rodinhas literárias. Despreza os intelectuais assumidos, tanto quanto os intelectuais travestidos em marginais.

Marginal, de verdade, é gente como ele, que mora em Queimados, no subúrbio, com a mulher Tereza, uma ex-atriz, seis filhos e uma ninhada de netos, numa vila de pessoas muito pobres, rua de barro, cachorro se roçando ao sol. Marginal é sair pelo mundo aos 16 anos e, de lá para cá, fazer de tudo na vida. De caixeiro na loja do pai a vendedor de siri no Mangue. De camelô da Lapa a lanterninha de cinema. De auxiliar de cozinheiro a redator-chefe numa emissora de rádio. Mas o orgulho maior de Antônio Fraga é o de jamais ter cedido aos acenos do poder.

QUATRO CACHORROS

A casa de fundo onde mora não oferece clima para a criação artística, decididamente não. A mesa de comer é a mesma de escrever. Os barulhos do quintal e o bater de latas, brincadeira das crianças, não afugentam suas ideias. Os livros, em geral estrangeiros, misturam-se aos quadros que pinta, aos sacos de originais que se avolumam pelos cantos, ao pó espalhado aqui e ali. Eremita por opção, ganhou a antipatia daqueles a quem sua presença livre, sem horários e sem patrão, incomoda. Mas, por sorte, há ainda alguém disposto a reconhecer nele uma das vertentes mais criativas da nossa literatura urbana, na linhagem de Machado de Assis e Lima Barreto.

Fraga, com certeza, leva uma vantagem: ele não inventou histórias, ele as viveu. Teve uma infância dura, vivendo em cômodos e pardieiros, até que a família se mudou para São Cristóvão. O pai, homem de esquerda, um anarquista militante, abriu uma loja e as coisas foram melhorando. "Dizem que garoto desgraçado é aquele que não tem um cachorro", ironiza Fraga. "Aí é a pobreza absoluta. Certa vez, eu tive quatro." Mas, à medida que o pai ia enriquecendo, ia perdendo suas velhas concepções. A mãe de Fraga, ela também uma mulher de esquerda, sócia do Sindicato das Costureiras do Rio, foi abandonada, e os filhos se viram jogados no mundo.

AH, OS INTELECTUAIS

Começava assim, para um adolescente que jamais frequentara a escola ("Foi ótimo, aprendi tudo com meu pai, em casa, lendo Zola"), um longo aprendizado de rua e malandragem. Teve de mentir para a mãe, dizendo que encontrara emprego, mas a verdade é que ficava perambulando pelas praças, de banco em banco, até que, da convivência com ladrões, prostitutas, pederastas e deserdados de todos os gêneros, surgiu a chance de um biscate: vender siri no Mangue. Era trabalho difícil para uma criança, aquele clima de violência de zona boêmia. Mas Fraga não teve medo. Conquistou o afeto maternal das prostitutas e só largou o ofício porque a polícia exigiu. "Mas, com três anos no Mangue, eu já conhecia todos os macetes para sobreviver", evoca ele.

Do Mangue para a Lapa, pouca mudança aconteceu. A novidade foi o contato inicial com a nova raça, a dos intelectuais, "fascinados em poder conviver com as mariposas, os valentões". Fraga vivia de vender perfumes e roupas — "cem vezes mais barato que a Sloper e ainda assim ganhando 500% por cima do freguês". Ganhou dinheiro, a ponto de comprar uma pensão para a mãe. Mas ela, dona de coração generoso, foi à falência. Fraga teve de arrumar emprego com o chefão do jogo do bicho em Niterói. Sempre conseguia reservar um sagrado tempo para escrever; e suas travessuras e desventuras iam sendo depositadas em livros profundamente autobiográficos, entre os quais o próprio *Desabrigo*.

TRANSGRESSÕES

Como se deu o impulso? Fraga lembra: enquanto a mãe ainda tinha a pensão, ele foi chamado para trabalhar na rádio Vera Cruz, como redator-chefe. Ali conheceu muita gente. "O Chacrinha pedia 5 cruzeiros de cachê. Aparecia também sempre por lá um rapazinho fardado do Colégio Pedro II, que pertencia ao partido integralista. Chamava-se Erasmo Martins Pedro, esse mesmo que hoje serve ao Chagas Freitas. O Erasmo já dizia que era para eu mudar de partido, que a direita que era o negócio. Na época, a minha condição financeira já era outra. Você não consegue escrever teso, com a barriga colada nas costas. Como é que você vai comprar uma resma de papel? Certo dia, lia na pensão o *Contraponto*, do Aldous Huxley, e achei a ideia original. Que, aliás, não era dele, era do André Gide. Foi assim que pensei em aproveitar minha experiência no Mangue e escrever *Desabrigo*. Por que não trazer a linguagem do pessoal que transgride a lei e transgride, é claro, a linguagem, para a literatura?"

Desabrigo foi concluído em 1942, 1943, com Fraga escondido da repressão do Estado Novo na fazenda Retiro, interior do Estado do Rio. Esperava-o, é claro, a gaveta. Em 1945, com a redemocratização, Fraga resolveu publicá-lo por conta própria, na editora que acabara de fundar com uns amigos. Não procurou editor, porque "naquele tempo, escrever em gíria era o mesmo que ser marginal em pessoa".

"LOUVA-A-DEUS"

Nem as mais abertas inteligências literárias se sentiam, na verdade, à vontade em conviver com a irreverência verbal de Antônio Fraga. Ele se recorda, por exemplo, de ter enviado, em 1952, um conto sobre uma hospedaria de zona boêmia à revista *Comício*, dirigida por Rubem Braga. "Botei a palavra *pederasta* e ele corrigiu para *rapazinho buliçoso* ou coisa assim", evoca Fraga. "Outra vez foi no *Correio da Manhã*, com o conto 'Pífaro Humano', que falava em 'aquele coito interminável'. Saiu 'aquela dança interminável'."

É estranho, mas a obstinação de Fraga jamais permitiu que ele desistisse do ofício de escritor — apesar de todas as incompreensões e desilusões. Até hoje, ele se resigna em ir empilhando em casa os originais que, sabe, dificilmente serão algum dia publicados. Tarefa que lhe custa horas de trabalho diário, que ele cumpre metodicamente, concorrendo com seu amor pela matemática e pela filosofia.

No ar, Fraga começa a perceber o anúncio de ventos de reconhecimento. Não se ilude. A segunda edição do *Desabrigo*, afinal, teve de ser vendida na rua, tanto quanto a primeira: os livros empilhados nos bancos de praça ou nas cadeiras dos botequins "e eu trabalhando como um camelô". Com reconhecimento ou sem reconhecimento, aquele que o Rio já passa a celebrar como seu James Joyce prefere esquecer as serpentinas da glória literária fugaz. Se tem algum plano? É claro: escrever um outro livro (o romance *O louva-a-deus*). E só.

A VOZ DE UM ESCRITOR MALDITO

Em 1985 eu editava o Caderno B do *Jornal do Brasil*, quando Maurício Stycer — à época um jovem estudante e que publicara dias antes uma matéria sobre o desconhecido Antônio Fraga — me trouxe a notícia de que Fraga acabara de receber uma oferta de emprego do também escritor Marcos Villaça, então presidente da Legião Brasileira de Assistência. Com 69 anos, seis filhos, seis netos e um livro lendário, *Desabrigo*, Fraga era um intelectual pioneiro, autodidata, erudito e rebelde, que há mais de 20 anos se exilara em Queimados, a 50 quilômetros do Centro do Rio — um pouco pelo abandono de seus pares e dos poderes públicos, um pouco também por uma certa vocação a uma orgulhosa misantropia. Fomos encontrá-lo numa casa com mínimos três cômodos, onde nos concedeu uma entrevista com humor e nenhuma autocomplacência.

Eis a longa conversa* (com um ou outro pequeno corte) em que ele se disse ser uma "anomalia" e pediu para que não o levassem muito a sério.

Zuenir Ventura

ENTREVISTA A ZUENIR VENTURA
E MAURÍCIO STYCER

Quer dizer que finalmente você está empregado?
FRAGA — É, ontem vieram aqui em casa me oferecer um emprego público. Depois de velho. O meu valor, se existiu, existiu em 1942, quando eu era novo. Teria sido muito melhor pra mim e pra literatura, se eu tivesse tido possibilidade antes. Mas não estou reclamando, não. Mesmo porque estou precisando — quero deixar uma aposentadoria pra minha mulher, pra ela casar com outro cara e ter uma vida melhor.

Você disse isso pra eles?
FRAGA — Não, eu disse que já tinha sido gratificado ao escrever meu livro. Eu escrevi, porque queria escrever. O que vier é mais-valia. Estou roubando vocês escandalo-

---

*Entrevista publicada no Caderno B Especial, *Jornal do Brasil*, 17/11/1985.

samente, brinquei. De qualquer maneira isso vai me tirar do sufoco. Mas eu vou continuar a ser o mesmo.

Você teve tantos amigos importantes...
FRAGA — ... Mas eu nunca pedi emprego. Se me oferecessem eu aceitava. Mas eu nunca pedi e eles nunca ofereceram.

Dizem que você é muito importante na literatura brasileira.
FRAGA — Não é bem isso. A importância é coisa muito relativa. É que em terra de cego, quem tem olho é anormal. Eu sou uma anomalia, por isso fui considerado importante.

Você é maldito?
FRAGA — Eles é que dizem que sou. Mas isso é uma glória, é uma honra, é uma coisa maravilhosa. Tomara que continuem a me considerar. Eu não sou de patota, não sou de quadrilha.

Você se cansou do ambiente literário?
FRAGA — Filho, eu não quero citar nomes. Mas digamos que o intelectual X me encontra — de vez em quando ainda vou ao Degrau, não sou tão alienado assim da Zona Sul. Estou com ele e chega o intelectual Y. Quando um sai, o outro diz: "Você se dá com essa cavalgadura?"

Mas quando se encontram é aquela coisa: "O seu trabalho está uma maravilha!" Prefiro viver aqui entre a gente do povo, que é honesta. Quer me xingar, xinga na cara.

Há muito intelectual se dizendo marginal, mas parece que você é de fato.
FRAGA — Mas deve ter mais alguns. Creio até que exista gente com dez vezes o meu valor, esquecidos por estes matagais. Isso é que é uma coisa injusta.

Mas rebelde você é, não?
FRAGA — Ah, sou. Felizmente. Faz parte da minha personalidade. Senão, não seria o Fraga.

Mas essa sua opção pelo retiro é meio radical, não?
FRAGA — Nós temos que ter uma coisa sólida, chamada alicerce, sem o qual você não levanta paredes.

E qual é o seu alicerce?
FRAGA — Talvez seja essa rebeldia de que você falou. Essa coisa de não me subordinar às minhas próprias regras.

O intelectual é em geral muito vaidoso. Qual é a sua vaidade?
FRAGA — Talvez seja essa modéstia chata, meio boba. Talvez ela resida no fato de eu ter me retirado. Quem sabe eu não me retirei porque eu me considero superior?

Quer dizer que essa sua misantropia é cheia de orgulho?
FRAGA — Talvez. Mas não me confunda nunca com os meus personagens. Na verdade, eu não sou nem da misantropia, nem da filantropia. Eu não tenho teses, no sentido boboca de que eu nunca posso mudar. Eu hoje adoro minha mulher, amanhã, quem sabe eu não largo dela?

Qual é a sua formação?
FRAGA — Tenho dois anos de curso primário. Felizmente não conseguiram me estagnar.

Mas você estudou filosofia, não?
FRAGA — Bastante, mas como autodidata. Tenho quase todos os grandes filósofos, Hegel, Kant. Tenho inclusive a primeira edição alemã de *Crítica da Razão Pura*.

Entre Hegel e Kant, você fica com quem?
FRAGA — Olha, eu acho a *Crítica da Razão Pura* bem melhor. Corri para ler quando vi que os marxistas todos estavam lendo a *Crítica*. Descobri que toda essa teoria era a base de Hegel — aquela dialética em potencial. Só que na *Razão Pura* é bem mais explicada do que em Hegel; é menos confusa. É mais difícil de ler e de penetrar, mas é como a aritmética e a álgebra. A álgebra custa-se mais para aprender, mas resolve o problema todo da aritmética.

O que você acha da psicanálise?

FRAGA — Uma das mais antigas obras contra Freud, de 1919, eu tenho aqui, em alemão. O mal da psicanálise é que ela passou a ser um sistema de concepção do mundo, passou a extrapolar. No século XIX, buscava-se a origem da vida, do pensamento, e aí veio um prodígio como o Marx, dando explicação econômica pra tudo, e foi o que se viu. Freud também tem impostos a pagar pelas extrapolações. Você hoje vê uma palmeira e acha que ela tem que te lembrar um pênis. Até a natureza, tadinha, acabou também tendo complexo de Édipo. É uma estupidez essas exagerações de campo.

Filosoficamente, você é um niilista?

FRAGA — Não, porque sou contra a destruição. Nesse sentido, sou aliado do Oswald de Andrade. Se você quer destruir um pardieiro, não pegue uma picareta, pegue uma pá e construa um edifício ao lado e alugue barato. Sou contra tudo que destrua, inclusive essa guerrilha que usa bomba; é um anarquismo primário. Talvez eu seja um anarquista, mas não nesse sentido. Aliás, não é um anarquismo propriamente. Eu não acredito, por exemplo, que se deve abolir o Estado. O que se deve abolir é esse estado de sítio permanente disfarçado de liberdade política.

Você foi do Partido Comunista?
FRAGA — Não, sempre estive ao lado. Eu era considerado pelo PC como um cara que se vendeu à burguesia americana. Bastou uma revista dos Estados Unidos falar de mim, para dizerem: "Tá vendido." Um dia, um comunista me pediu um cigarro e eu fui à forra: "Espera um pouco que a embaixada americana ainda não mandou trazer meu maço; quando chegar eu te dou um cigarro."

Quais são seus autores brasileiros preferidos?
FRAGA — Poderia dizer que é o Oswald de Andrade, mas, como ele me elogiou, pode parecer que é uma gratidão. Gosto do Lima Barreto, do Manuel Antônio de Almeida, um homem que, em pleno século XIX, quando estava todo mundo engatinhando em literatura, conseguiu fazer uma obra-prima: *Memórias de um sargento de milícias*. Gosto do Mário de Andrade, do *Macunaíma*, que eu comparo com o *Orlando*, da Virgínia Woolf, que era o espírito da época. O *Orlando* é uma espécie de História da Inglaterra por um personagem, assim como o *Macunaíma*, que era sem caráter, nós sabemos que é o povo brasileiro.

O que você acha dele, como pessoa?
FRAGA — O Oswald era meio moleque. Tenho vários amigos que tinham ódio dele, porque ele fazia safadezas

mesmo. Era um molecão. Mas o Oswald tinha uma grande qualidade: era um cara de uma força intelectual muito grande, fora de época. Enxergou uma série de coisas que só vieram estourar agora, recentemente, com o governo militar. Quem lia os artigos dele no *Diário de Notícias* sentiu todo esse militarismo. O Partido Comunista sempre o atacou, sem compreender que o verdadeiro socialista era ele. Ele é que rompeu com aquela ditadura stalinista. Não queria uma ditadura de esquerda. Era um homem muito aberto e, de jeito nenhum, de direita.

No Oswald, o que você gosta?
FRAGA — Gosto da poesia como da prosa.

O que você acha do Ezra Pound?
FRAGA — Eu gosto do Pound como poeta, mas mandaria fuzilá-lo. Eu não gosto do Pound porque ele era fascista, fascista consciente. Achava que só poderia haver a elite e os escravos.

Você acha os concretistas inovadores?
FRAGA — Não acho, não. Toda a estética se baseia no seguinte princípio: você faz uma obra de arte e aí então aparecem as teorias estéticas, as críticas. O concretismo inverteu a fórmula. Primeiro inventou a técnica do pro-

cesso, depois fez o poema. E até agora não surgiu a obra-prima. Cadê a obra-prima da poesia de processo? Fora o Haroldo de Campos, e sua turma, cadê o leitor externo? Se ela não sai do círculo que a produz e que só ele mesmo consome, se não vai ao povo, não é poesia.

Você está atualizado com a literatura mais recente?
FRAGA — Com Gabriel García Márquez e mais uma meia dúzia. Mas todos eles se repetem. Leio dez páginas e sei o que ele vai me dizer. E agora não posso mais despender meu tempo como antigamente, quando lia dez, doze horas por dia. Há vinte anos, eu não sabia matemática. Resolvi então, até para fundamentar meus estudos de dialética, aprender indução matemática. Quando eu vi, estava estudando dez horas de matemática por dia. É uma coisa lateral, um *hobby*, como a pintura que faço. Mas não sou matemático profissional. Os grandes especulativos do campo da matemática são tão interessantes quanto um bom romance.

Você está produzindo muito agora?
FRAGA — Sou um pouco vagabundo. Como todo artista, sou um pouco preguiçoso. De qualquer maneira, estou escrevendo bastante.

Você não tem medo de que seus novos livros destruam o mito em torno de Desabrigo?
FRAGA — Ele não é um mito, tanto que existe. Mito foi o que se criou em torno dele, mas ele não é um mito. De qualquer maneira, não posso escrever um novo *Desabrigo*. Eu iria me repetir. Não é de hoje que me cobram escrever um outro livro em gíria. Eu vivo dizendo: "Gente, eu já fiz a experiência. Agora vou partir para outra." A língua é ampla, a gíria é uma parte da língua que é rica em sinônimos, mas fraca em construções verbais.

Por que Desabrigo *é dedicado a você mesmo?*
FRAGA — Porque eu tenho certeza da estima que tenho por mim. A dos outros, eu não tenho certeza. Meu outro livro, *Moinho*, é dedicado a um morto. É muito chato um vivo vir agradecer a dedicatória. Além do mais, gosto de um sujeito e dias depois posso não gostar mais.

Você se considera um precursor?
FRAGA — Da linguagem popular. Só. Em 1978, a revista *IstoÉ* me mostrou como o "Joyce do Mangue", imagina. Eu não sou o James Joyce. Ele escreveu uma parte do livro dele em gíria, mas não viveu o que eu vivi. Foi um rapaz educado em igreja católica e nós não temos nada em comum. O fato de eu usar uma linguagem de modo inusitado, uma porrada de caras fizeram. Há coisas muito

interessantes nessa área. As pessoas comentam que o povo escreve o "b" ao contrário. Aí, você estuda caligrafia e vai ver que é muito mais fácil escrever o "b" para dentro do que para fora. O gesto chamado destrogiro é muito mais difícil que o sinistrogiro. O povo faz isso, assim como pronuncia "fenemê". O "efe" é muito mais difícil de dizer do que o "fê". O povo procura fórmulas mais práticas de falar. O português são os erros do latim.

O que você acha da onda jovem?
FRAGA — Toda juventude faz onda. Outro dia vi um filme do Ford, que foi uma onda danada. Hoje o Ford é coisa velha. Eu nunca discordo de um jovem.

Por quê?
FRAGA — Porque eu prefiro esperar ele envelhecer. É mais fácil.

Você se considera um homem do século XX?
FRAGA — Eu sou de esquerda, mas reconheço que hoje a situação não é adequada à revolução. De modo que tenho que me enquadrar à época do computador, da guerra nas estrelas. Mas não acredito, por exemplo, em coisas como as Nações Unidas, onde o direito de veto impera sobre o direito de voto. Os países subdesenvolvidos são sempre engolidos pelas duas grandes potências.

Nós precisamos nos libertar desse negócio de Leste e Oeste, desse negócio de capitalista e comunista. Nós precisamos começar a colocar o problema de outro modo. Mas não sei qual. Aliás, se eu tivesse a solução, não seria o Antônio Fraga; seria o maior estadista da Terra.

Um homem do século XX pode viver feliz aqui em Queimados, nessa casa?
FRAGA — O homem feliz não tinha camisa, eu ainda tenho. Vou contar uma história. Eu era muito pobre e tinha só um paletó. Aí, passei embaixo de uma obra e caiu uma estopa, com gordura, em meu ombro. O paletó ficou manchado. Quando eu cheguei no Vermelhinho, as pessoas vinham falar e ficavam olhando para meu ombro. Uma me ensinou: "Bota sal". Outra falou: "Éter é muito bom". Ninguém mais se interessava pelo Antônio Fraga. Descobri que a mancha era o meu atrativo. E não tirei mais a mancha. Um dia fui à casa de minha velha mãe. Enquanto eu dormia, ela viu o paletó, e como era uma mulher maníaca por limpeza, lavou o paletó e tirou a mancha. Quando acordei, me dei conta: "Ah, minha mãe, o que você foi fazer." Ela, que é tão maluca quanto eu, respondeu: "A gente faz outra." Mas a minha mãe fez a mancha no local errado, no outro ombro. Quando voltei ao Vermelhinho, veio logo um cara para dizer: "Ué,

essa mancha não estava do lado de lá?" O importante é sempre ter uma mancha, não importa o lado.

Isso é um apólogo?
FRAGA —!? (risos sem resposta)

O que você acha, como título para esta entrevista, "A voz de um escritor maldito"?
FRAGA — Fica romântico, não fica? É, talvez corresponda. Toda vez que eu estou com meus desesperos mansos, eu digo: a natureza quer se explicar e encontrou o Fraga como meio. Se eu morrer, é porque ela fez um outro cara mais inteligente para dar explicação. Eu creio que a natureza quer se aperfeiçoar e quer chegar a uma solução de seu próprio conflito através do homem. Eu também tenho a minha crença, a minha fé, o meu misticismo. É uma religião pessoal, na qual eu sou o único sacerdote e o único crente. Mas atenção: não me levem muito a sério.

RELAÇÃO DAS OBRAS DE/SOBRE ANTÔNIO FRAGA

TEXTOS INÉDITOS

A escola da Luluzinha. Rio de Janeiro, 1987. (Peça datilografada incompleta.)

As maçãs da utopia. Rio de Janeiro, 1984. (Novela em arrumação.)

Constante do estilo. Rio de Janeiro, s.d. (Ensaio datilografado disponível em várias versões).

Coordenada do espaço narrativo. Rio de Janeiro, 1988. (Ensaio datilografado disponível em várias versões.)

Insano solilóquio ou lua vermelha ou a mosca. Rio de Janeiro, 1982. (Novela mimeografada e manuscrita.)

Marcha fúnebre. Rio de Janeiro, 1986. (Peça em arrumação.)

O caso do pequeno polegar. Rio de Janeiro, 1949. (Conto manuscrito.)

O filho da Incamiaba ou a embaúba da tapera. Rio de Janeiro, 1959. (Novela mimeografada.)

Uma temporada entre os fanáticos do sexo. Rio de Janeiro, s.d. (Novela datilografada.)

PUBLICADOS

"A chave e a fechadura". In: *Vanguarda Socialista*. Rio de Janeiro, 18 ago. 1948.

A literatura brasileira vai muito bem, Hélio, obrigado. In: Suplemento da Tribuna, *Tribuna da Imprensa*. Rio de Janeiro, ano 6, nº 287, 04-05/11/1978, p. 01.

A saúde: espaço humano. Rio de Janeiro: Secretaria Municipal de Cultura, 1990.

Clave de sol. In: *Antologia dos poetas laureados no concurso de poesia de Leitura*. Rio de Janeiro: Livraria São José, 1958, p. 59.

Da poesia em funeral: Velório, convicção, conselhos. In: *Letras e Artes*. Rio de Janeiro, nº 6, out./nov. 1989.

Desabrigo. Rio de Janeiro: Macunaíma, 1945. 48 p.

Desabrigo. 2ª ed. Rio de Janeiro: Mundo Livre, 1978. 53 p. (Coleção Lúcifer, 1.)

Desabrigo. 3ª ed. Rio de Janeiro: Secretaria Municipal de Cultura, Turismo e Esportes, 1990. 88 p. (Coleção Biblioteca Carioca, 10.)

Desabrigo e outros trecos. Rio de Janeiro: Relume-Dumará, 1999.

Equívocos. In: *Jornal da Literatura*. Rio de Janeiro, 10 nov. 1947, p. 01-03.

Este mundo é dos loucos. In: *Leitura*. Rio de Janeiro, ano 7, nº 55, nov./dez. 1949, p. 44.

Igreja e justiça social. In: *Tribuna Livre*. Queimados, ano 1, nº 3, 01-15 dez. 1981, p. 01.

Marcha fúnebre. In: *Tribuna da Imprensa*. Rio de Janeiro, 21 out. 1975.

Moinho e. Rio de Janeiro: Edições Mundo Livre, 1978. 75 p.

Os conceitos de Antônio Fraga. Calçadão, [s.l.], ano 1, nº 12, jun. 1987, p. 6.

Os conceitos de Antônio Fraga. Calçadão, [s.l.], ano 1, nº 13, jul. 1987, p. 3.

Presente de Natal. In: *Tribuna Livre*. Queimados, RJ, ano 1, nº 4, 16-31 dez. 1981, p. 1.

São Gonçalo, Manchester Fluminense. In: *Observador Econômico e Financeiro*. Rio de Janeiro, ano 24, nº 287, jan. 1960, p. 32-33.

Sistema de Método. In: *Cronos*. Rio de Janeiro, nº 4, maio/ jun. 1949, p. 08-09.

Uma questão de fato. In: *Tribuna Livre*. Queimados, ano 1, nº 3, 01-15 dez. 1985, p. 01.

FRAGA, Antônio et al. Five Immediatist poems. In: *Brazilian American*. [s.l.], nº 1445, oct. 1948, p. 20.

SOBRE FRAGA

BARROS, André Luiz. Joias em caixa de papelão. In: Caderno B. *Jornal do Brasil*. Rio de Janeiro, 25 set. 1994, p. 7.

BATALHA, Martha. Livro de autodidata sobre malandros da Lapa vira tese de mestrado na UFRJ: O camelô da boemia carioca. In: *Tribuna da Imprensa*. Rio de Janeiro, 17 abr. 1995.

BRITO, Monte. Criação enferma. In: *O Jornal*. Rio de Janeiro, 18 ago. 1946, p. 02.

CARNEIRO, João et al. A incômoda presença. In: *Tribuna da Imprensa*. Rio de Janeiro, 07-08 out. 1975.

CAVALCÂNTI, Enock. Antônio Fraga: Apenas um escritor de biscates. In: *Cultura & Lazer & Comportamento*. Rio de Janeiro, 24-25 mar. 1985.

COSTA E SILVA, Álvaro. O Kafka carioca. Antônio Fraga, autor do mítico *Desabrigo*, ganha biografia e nova edição. In: Ideias & Livros. *Jornal do Brasil*. Rio de Janeiro, 04 out. 2008, p. L1.

———. A saga do Kafka carioca. *Gazeta Mercantil*. 10-12 out. 2008. Disponível em: http://www.gazetamercantil.com.br/reader/docs/gazetamercantil_23927/24427_pr.swf.

DEALTRY, Giovanna. A escrita transgressora de Antônio Fraga. In: Prosa & Verso. *O Globo*. Rio de Janeiro, 27 set. 2008, p. 6.

DRUMMOND, Pizarro. Os imediatistas e originalidade e boemia. In: *Quadrante 45*. Rio de Janeiro: [s.n.], 1945, p. 65-75.

JORNAL HOJE. Antônio Fraga, 68 anos: Em Queimados, Nova Iguaçu, a suprema receita da rebeldia. In: *Jornal Hoje*. Nova Iguaçu, 03 abr. 1985, p. 05.

JORNAL HOJE. Desabrigo é redescoberto e terá 3ª edição. In: *Jornal Hoje*. Nova Iguaçu, 24 jun. 1988, p. 05.

JORNAL HOJE. Esquecido por muitos, morre Antônio Fraga. In: *Jornal Hoje*. Nova Iguaçu, 21 set. 1993.

LOPES, Tim. Miséria, mãe da violência. In: *Jornal do Brasil*, Rio de Janeiro, 08 abr. 1985.

MELLO, Maria Amélia. Um autor maldito. Ou o Joyce do Mangue? In: *IstoÉ*, Rio de Janeiro, p. 78-79, 04 out. 1978.

MENEZES, Carlos. Reedição de *Desabrigo* traz de volta 33 anos depois precursor de João Antônio. In: *O Globo*, Rio de Janeiro, 08 set. 1978.

MENEZES, Carlos. Supermacho de Alfred Jarry: um libelo contra a hipocrisia. In: *O Globo*, Rio de Janeiro, 29 maio 1988, p. 02.

O DIA. O adeus ao irreverente Antônio Fraga. In: *O Dia*. Rio de Janeiro, 03 out. 1993, p. 03.

O GLOBO. A reedição de *Desabrigo* de Antônio Fraga: A gíria e a malandragem do submundo carioca. In: *O Globo*. Rio de Janeiro, 08 nov. 1978, p. 40.

OLIVEIRA, Nelson de. (Org.). As melhores histórias da periferia. In: *Cenas da favela*. Rio de Janeiro: Geração Editorial, 2007, p. 24-30.

PIRES, Francisco Quinteiro. A liberdade como irmã da mágoa. Biografia e textos inéditos lançam novas luzes sobre o carioca Antônio Fraga. In: Cultura. *O Estado de S. Paulo*. São Paulo, 28 set. 2008, p. D7.

REPÓRTER. Intelectual diz que crime é biscate de operário. In: *Repórter*, Rio de Janeiro, n°14, fev. 1979, p. 05.

RESSENCOURT, Eugene. Antônio Fraga: Brazil's anarchist philosopher. In: *Brazilian American*, n° 1441, jun. 1948, p.13-18.

SANTEIRO, Sérgio. Antônio Fraga contra os quiquiriquis. In: *Lampião da Esquina*, Rio de Janeiro, 1978, p. 13.

SILVA, Maria Célia Barbosa Reis. A voz da marginália. 1991. 210 f. Dissertação de Mestrado em Literatura Brasileira. Faculdade de Letras, Universidade Federal do Rio de Janeiro. Rio de Janeiro, 1991.

——. Antônio Fraga. 1998. Tese de Doutorado em Letras de Língua Portuguesa, Pontifícia Universidade Católica do Rio de Janeiro. Rio de Janeiro, 1998.

——. *Antônio Fraga: personagem de si mesmo*. Rio de Janeiro: Garamond, 2008.

──. Antônio Fraga: uma obra e um autor em busca de abrigo. In: *Revista Espaço Acadêmico*, [s.l.], ano 4, n° 38, jul. 2004. Disponível em: http://www.espacoacademico.com.br. Acesso em: 02 out. 2008.

──. Antônio Fraga: uma obra e um autor à espera de recepção. In: *Leitura, Leituras: Literatura Brasileira e memória do Rio*. Rio de Janeiro: Eduerj, 2000, p. 17-27.

──. Apolo e Dioniso disputam a soberania na obra de Antônio Fraga. In: *Revista Urutágua*, [s.l.], n° 08, dez./mar. 2005. Disponível em: http://www.urutagua.uem.br. Acesso em: 02 out. 2008.

──. Há 50 anos e alguns meses... In: *Estudos*. Goiânia, v. 34, n° 3, mar./abr. 2007, p. 287-294. Disponível em: http://seer.ucg.br/index.php/estudos/article/view/323/263. Acesso em: 02 out. 2008.

──. Os fios dos Antônios, João e Fraga. In: Prosa Online. *O Globo Online*. 25 out. 2008. Disponível em: http://oglobo.globo.com/servicos/blog/comentarios.asp?t=prosa_online&cod_Post=135281. Acesso em: 25 out. 2008

STYCER, Maurício. A solidão de um grande escritor. In: Caderno B. *Jornal do Brasil*. Rio de Janeiro, 12 nov. 1985.

──. Biografia e livro de inéditos tentam decifrar o enigma de Antônio Fraga. In: *Último Segundo*. 02 out. 2008. Disponível em: http://ultimosegundo.ig.com.br/mauricio_

stycer/2008/10/02biografia_e_livro_de_ineditos_
tentam_decifrar_o_enigma_de_antonio_fraga_1967858.
html. Acesso em: 02 out. 2008.

STYCER, Maurício; VENTURA, Zuenir. A voz de um escritor maldito. In: Caderno B Especial, *Jornal do Brasil*. Rio de Janeiro, 17 nov. 1985, p. 10.

THYS, Bruno. O verdadeiro malandro volta em reedição de clássico: *Desabrigo*. In: *Jornal do Brasil*. Rio de Janeiro, 01 ago. 1989.

COMENTÁRIOS SOBRE ANTÔNIO FRAGA

"Em toda a história artística tem-se notado que os maiores movimentos surgiram em grupos de revolucionários em toscas mesas de bar, verdadeiros párias da sociedade de seu tempo, que não podia aceitar suas ideias. (...) Os últimos frequentadores do bar continuavam na calçada a conversa interrompida lá dentro (...). Entre eles estava Antônio Fraga, um dos grandes boêmios do Vermelhinho."

ROBERTO MUGGIATI
Gazeta do Povo, Curitiba, 1955

"A publicação de obras inéditas do Fraga é uma dívida da cultura brasileira. É o mínimo que se pode fazer por uma figura que foi abandonada a vida inteira."

ZUENIR VENTURA

"O que há, não é post-modernismo e sim a nova literatura do Brasil. Veja: na prosa a maturidade está aí, em Clarice Lispector, em Guimarães Rosa, em Antônio Fraga."

OSWALD DE ANDRADE
Diário de Notícias, 1947

"Ao abrir um exemplar da primeira edição de *Desabrigo*: 'Retiro hoje da estante o pequeno livro e recupero, mal leio as primeiras palavras, a mesma impressão de descoberta, o mesmo prazer do texto que senti na leitura de há quase meio século. O Fraga foi um pioneiro, hoje ele não é mais o único escritor que escreveu usando gíria, mas pode ser considerado o fundador deste estilo.'"

ANTONIO CALLADO

"Visto a mais de meio século de distância, reconheço que não erramos quanto ao *Desabrigo*. Eu e todos os membros do Grupo Malraux — Ernande Soares, Luciano Maurício, Hélio Justiniano, Aladyr Custódio, Levy Meneses — sabíamos que a história de Antônio Fraga nos representava como cidade e como país, na sua busca de uma linguagem que tentasse ir além do puro idioma. No outro lado, o da miséria e da fome, também representou

Fraga o seu papel de brasileiro excluído, embora fosse ele dos mais inseridos numa cultura coletiva e permanentemente válida."

Antônio Olinto

"Fraga tem uma rara capacidade de transpor o enunciado oral para o escrito. Há uma descrição da fala de um camelô que me parece uma obra-prima no particular."

Celso Cunha (filólogo), no *Jornal do Brasil*, novembro de 1985

Este livro foi impresso nas oficinas da
Distribuidora Record de Serviços de Imprensa S.A.
Rua Argentina, 171 – Rio de Janeiro, RJ
para a Editora José Olympio Ltda.
em maio de 2009

*

77º aniversário desta Casa de livros, fundada em 29.11.1931